向田邦子的情書

向田邦子の恋文

脚本家として独立して二年、姉向田邦子はやっと探していた〝なにか〟をつかみかけていた。惜しみなく愛情をそそぎ、あたたかく見守られながら。急逝の直後に見つかっていた向田邦子の手紙とN氏の日記、そして妹和子の回想で綴る姉とわたしの「最後の本」。

向田和子
Mukoda Kazuko

張秋明 ——— 譯

二十週年紀念版

本書照片提供　文藝春秋

目次

向田邦子的情書

推薦序

寫出一片天的昭和才女

柯裕棻

從向田邦子的文學作品裡，看得出來她是個熱愛生活的人，她擅長描繪看來不經意的細節，並且從那細節中看透人間百態。她的故事深入生活的紋理，喜歡寫飲食起居，她的劇本和隨筆時常出現家常的食物，她還開了一家專賣家常菜的小酒館。她過世後，妹妹到公寓去整理，發現邦子甚至有一個專門收集美食資訊的抽屜。

她喜歡美食，喜歡古董，喜愛旅遊，屋子很亂，常常熬夜寫稿。

向田邦子的父親是個私生子，一生靠著自己的努力往上爬，性格非常剛烈，在家裡有許多不可違逆的規矩，因此母親做事很仔細小心，但也時常挨罵挨打。邦子有兩個妹妹和一個弟弟，其中邦子似乎是最會念書的孩子。

她廿一歲從實踐女子專科畢業之後開始工作，一開始是在專做教育電影的財政文化社做助理。後來轉職到雄雞社旗下的《電影故事》做編輯。在那之後，她開始有了寫作的機會，成爲廣播劇作家。廿四、五歲時，父親有外遇，家裡陷入了非常低潮的狀態。

她在卅五歲之前一直與父母同住，即使熬夜再晚，也一定起床與父母共進早餐，送父親出門之後再回去睡。卅五歲與父親發生爭吵後，從此就搬出去住了，搬出去那天據說剛好是東京奧運的開幕式，她四處找房子，在巷子裡眺望開幕典禮。

向田邦子沒有結婚，過世多年後人們才從她的日記和書信往來中知道，她廿幾歲時曾是外遇的第三者，對方年紀比她大很多。他們的感情持續了很多年，這期間向田邦子一直住在家裡。而從本書中妹妹的描述看來，他們曾經分手，男方最後似乎是以自殺終結。向田邦子被父親趕出家門，反而是在男方去世之後的事。

在那之後一直到墜機身亡的十幾年之間，究竟還有沒有其他的發展，我就不清楚了。事實上，向田邦子的情感生活似乎一直是個謎。

後來，她的媽媽透露，父親之所以把她趕出去，是因爲看她與父母同住，凡事都得小心翼翼的，覺得她自己也不好意思開口說要搬出去，所以故意跟邦子吵架，好讓她有機會搬出去。

看到這裡，我不禁感嘆，有這樣表面暴躁但是情感細膩的父親，也難怪向田邦子的作品總是帶著一種溫厚的底蘊。

她四十六歲時曾得過乳癌，開刀時併發血清性肝炎，右手幾乎癱瘓，因此，她的隨筆和小說是以左手寫出來的。

五十一歲獲直木獎，隔年於台灣墜機身亡。

這些人生的枝節和困頓，都是讀了這本書之後才明白的。向田邦子被喻爲日本昭和時期的才女，短短的一生創作了萬餘本的廣播劇本，電視劇千餘本，而且收聽和收視率都極高，這些竟然是在這麼不順遂的狀況下創作出來的。她的一生歷經戰亂、苦戀、疾病等種種的逆境，還是孜孜不懈地寫著，右手癱瘓了就用左手，這樣地寫。據說她經常犧牲睡眠熬夜寫到天亮。果然，天才是靠努力完成的。

不論再怎樣才氣縱橫，寫作的人總是必須坐在桌前，一個字一個字寫出來，別無他法，能夠堅定坐在桌前的人，才能夠寫出東西。雖然，向田邦子有時候甚至是站在錄影棚外寫，有時候是躲在小酒吧裡寫，總之，就是不斷寫著。

我曾在網路上看見一張向田邦子的照片，是她專科畢業紀念冊上的紀念照。看起來是個聰明、有英氣的女子，微笑著的眉宇之間有堅強的意志。也非得是這樣聰明又有堅強意志力的人，才可能有那樣驚人的創作量。

如此的才華與意志，如此的猝死，實在令人惋惜。我們這些有幸活著的人，應該要更努力啊。

（本文作者為作家）

第1部

信與日記

昭和五十六年（一九八一）初秋，在青山的公寓整理姊姊的遺物時，發現了那包裝有姊姊向田邦子和N先生往來的書信以及N先生的日記等物件的牛皮紙袋。儘管當時對裡面的文字內容有些猜疑，但是實際打開牛皮紙袋閱讀則是平成十三年（二〇〇一）春天以後的事了。

距離姊姊離開這個人世，已經過了二十個春秋。

我想我畢竟是需要這麼久的時間才能做這件事。

我反覆再三閱讀，覺得自己好像明白了什麼，所以我試著將自己的感想寫在第二部。

向田邦子寫給N先生的信

〔日航飯店的信紙、信封〕

郵戳日期：昭和三十八年（一九六三）十一月二十七日　限時信

因爲都市中心飯店（＊1）客滿了，我住進了日航飯店。

很想報告工作一切順利，但其實昨晚從ＮＨＫ回來時，突然嘴饞，在「維多利亞」買了蛋糕。攤開那份値得一看的四張晚報邊吃邊讀，居然吃掉了五塊蛋糕。之後又喝了海苔茶，消夜吃了三個飯團。

結果，今天早上果不其然，肚子不太對勁，有點腹瀉。我這個鐵胃畢竟也有吃不消的時候，於是吃了藥，早餐只吃葡萄柚汁和沙拉。直到現在四點，沒吃半點東西。

偏偏睡眠不足又遇上肚子不舒服，害得工作進度落後了半天，只好五體投地對ＴＢＳ和二葉印刷廠（＊2）道歉了。今天打算努力工作到明天上午九點，然後回家一趟，換好衣服後，看齣日場的舞台劇。洗完頭後，晚上到KRC錄音。

二十八日工作到傍晚，好久沒一起吃飯了，我們去哪用餐吧！

因爲是邦子的生日嘛。

二十九日在都市中心飯店閉關，認眞工作。

三十日在TBS有二十八分鐘的錄音，（一樣是KRC）從一日到七日，在都市中心飯店。

究竟可不可以忍受一個星期不見小祿（＊3）和巴布（＊4），我自己也不敢說！

你那邊一切還好嗎？

不要隨便發脾氣，寬心自在最重要。還有趕快去買瓦斯爐。

大阪方面來了電話。居然表示大獲好評，我實在很驚訝。

因爲沒吃東西，突然站起來會覺得頭暈。二十八日之前我會恢復健康的，對不起。

多保重，注意手腳不要受凍。再見。

＊1　位於東京都千代田區平和町的飯店。
＊2　劇本的印刷廠。
＊3　向田家養的貓。因爲希望貓能活六年，取名爲「小六」；之後向田邦子在散文中改爲諧音的「小祿」，意指貓是上天派來的幸福使者。
＊4　N先生的暱稱。

N先生的日記

昭和三十八年十一月二十七日

昨晚並沒有太晚睡，早上卻不太起得來。

半睡半醒之間聽見「阿久」（＊），過了八點後起床。一如天氣預測，氣溫十分冰冷。

十點半打電話給邦子，確定明天的行程。從上個月起便開始留意邦子的生日快到了。

買了兩本書之後，便從高圓寺車站直接回家。午餐：番茄、小黃瓜、罐頭香腸、麵包。因爲下午天氣變暖和了，又沒有風，於是到中野找書。走了約兩小時後回家。

邦子電話中提到的限時信寄來了，上面郵戳是今天早上的時間。不知道是在哪裡的郵筒投遞的。雖然還有太陽，但是一到四點，微寒的室內就顯得有些陰暗。五點鐘關上遮雨板。晚餐：剩菜奶油濃湯、蘿蔔泥、兩顆蛋、麵包。氣溫隨著夜色愈見寒冷。明天早上有得受了。

報紙 ¥56、麵包 ¥35、電話 ¥10、

《東京——巴黎》¥360、《火車便當之旅》¥250、

《日本的大眾藝術》¥220、《日本民謠集》¥280。

＊ 文化廣播電台的節目「我是阿九」，坂本九主持。

N先生的日記

昭和三十八年十一月二十八日

十分寒冷的早晨。七點半左右醒來。

「高級主管」（＊1）提到扒手的故事，印象中好像讀過這個劇本。「阿九」提到被迫吃納豆而哀鳴不已的慘劇。「可樂餅之歌」的替換歌詞，效果不錯。雖然出了太陽，仍覺得有些冷；不過房裡照得到陽光的地方，溫度逐漸回升。

十點半到高圓寺。因爲天冷，路上行人也少。領了之前訂的書便回家。

午餐：番茄、小黃瓜、味噌湯、麵包。一點鐘洗澡。

四點，邦子來了。換好衣服之後到新宿伊勢丹買東西。一年不見的新宿絲毫沒有改變。

五點半，在邦子的帶頭下在車屋（＊2）大快朵頤吃魚，還喝了一瓶啤酒。

七點半，玩了一下柏青哥才踏上歸途。

途中順便接受治療，八點四十分回到家。

十點半，邦子回去。好像有點累了。

報紙 ¥49、《冬之花》 ¥580、《諸國之旅》 ¥550。

＊1　TBS廣播電台的節目「森繁的高級主管課本」。朗讀：森繁久彌，劇本：向田邦子。該節目由兩人合作，播放時間從昭和三十七年（一九六二）至昭和四十四年，十分受歡迎。可說是向田邦子的成名作。

＊2　這一年於新宿歌舞伎町新開幕的高級日本料理餐廳。

向田邦子寫給N先生的信

〔都市中心飯店的信紙、信封〕

郵戳日期：昭和三十八年十一月二十九日

身體還好嗎？

難得你昨晚又是逛百貨公司又是喝啤酒，我有些擔心你之後身體是否受得住？

今天，星期五兩點住進中央飯店的四一三號房，我想一日以後大概也是這個房間吧。

接下來要完成兩集（六十張稿紙）「午夜」（＊1）劇本和二十集（一百六十張稿紙）的「高級主管」（＊2），想一想，自己都覺得不可思議！

昨晚有些自暴自棄，於是重讀《切腹》（＊3）的劇本。

的確是很棒的劇本，我實在佩服之至。

似乎人家的頭腦結構就是跟我不一樣。

我就算倒立也寫不出如此架構完整、計算精密的東西吧！

我很清楚自己隨性所至的膚淺，在不愉快之中完成了六集的「新鮮」（＊4）。四點上床睡覺。

文化電視台來電。

我曾經隨口跟他們提到關於雙胞胎的故事，對方希望能在新年的現代劇場演出。我趕緊要求他們延期。

TBS也因爲服務部門（刻鋼版）近期可能罷工，不停向我催稿，最近眞的是四面楚歌。偏偏我還食欲特別好，中午吃了炸蝦飯。

巴布會不會也吃一樣的東西呢？

明天中午之前都窩在這裡；可以的話，洗完頭之後，六點去錄音。

或許一日（星期天上午）到你那裡幫你做飯，不過請你不要抱太大的希望。

快點去買瓦斯爐。趕快去訂購南山壽（＊5）。不要忘記了！

邦子還是決定不寄賀年片了。太麻煩了——這是我的口頭禪。

天氣又要變冷了，請保重身體。

橘子不妨多吃些。

三點半　邦子

＊1　這一年的十一月二十五日，於TBS廣播電台開播的「午夜故事」。

＊2　廣播節目「森繁的高級主管課本」。

＊3　橋本忍編劇、小林正樹導演的電影《切腹》。

＊4　關東廣播電台（現爲日本廣播電台）的「新鮮專欄」。

＊5　降血壓的中藥。

N先生的日記

昭和三十八年十一月二十九日

睜開眼睛是六點半左右，但是天氣冷不想動，一直躺在被窩裡。

「高級主管」的標題明明是「三個臭皮匠勝過一個勳章」，一開始卻提到了流汗。因爲頭腦昏沉，只記得提到汗水的成分。「阿九」在發牢騷，提到漱口時冷水刺激牙齒，有些平庸。太陽出來了，由於屋外晒衣服而有陰影，顯得有些寒意。午餐：番茄、小黃瓜、蛋、湯、麵包。

一點，前往高圓寺。在東光百貨買天婦羅。

三點，伊勢丹百貨送來電毯。十分高興收到邦子的好意，沒有插上電源便立刻披在身上。下午天氣轉陰，感覺氣溫因此降低了。晚餐試著煮天婦羅吃。加了醬油、調味酒、砂糖和味精，味道還不錯（蝦子、青花魚、花枝、芋頭、茄子和兩種葉菜）。

九點左右便鑽進毛毯裡。感覺很舒服，人恐怕會變得更懶了。

報紙 ¥49、天婦羅 ¥130。

N先生的日記

昭和三十八年十二月一日

終於是十二月了。

意外暖和的早晨，算起來從昨晚睡了將近十個小時。

十二點，前往高圓寺。午餐：簡單吃了熱狗麵包和咖啡。

下午天氣更暖和了。

三點，邦子寄來電報。

接近五點的時候，邦子來了。晚餐吃生魚片、香腸、香菇、沙拉。她還做了奶油濃湯、關東煮，之後才回飯店。窩在毛毯裡，迷迷糊糊、昏昏沉沉地看書，直到十二點左右。

報紙 ¥54、麵包 ¥60。

向田邦子寫給N先生的信

〔都市中心飯店的信紙、信封〕

郵戳日期：昭和三十八年十二月二日

昨晚很睏，才十二點人便躺平了。這都要怪電毯。那種帶有些許惡魔般的氛圍，十分引人入睡。我必須小心點才行。

奇怪的是，如果只有一個晚上，就算住在飯店也會緊張地認眞工作；但是一想到還有一個星期，就又回到原來的步調，整個人懶散起來。昨晚實在睡得很舒服，今天早上七點半起床。

循例點了套餐吃。這裡的客房服務沒有西餐，只好又點日式早餐。有海苔、味噌湯、蛋捲、煎鮭魚、醃菜，甜點則是吃了一顆昨晚回來的路上買的橘子。

照這樣子，眞的能在十五日之前寫完劇本嗎？我自己覺得應該有一半的可能是來不及的。

昨晚讀了《香華》（＊1）的劇本。可以感受到木下特有的才氣，但如果要拍成電影，我不知道是否會有令人驚豔的場面。

我其實也知道，在寫之前最好不要太神經質，不要參考太多範本。在家裡的話，會影響我工作進度的有小祿、冰箱、母親和書本。在這裡沒有這四點，可是我還是磨磨蹭蹭，說不定我天生就是個懶人。時而看著天空、時而眺望停車場汽車的移動、時而凝視飛來停在欄杆上的麻雀、時而東想西想，其實很花時間的，時間就這樣漸漸流逝了。

如果有不分心的藥，我願意花十萬塊買。

我不該說這些廢話，還是開始工作吧！

羅密歐與茱麗葉（＊2），我還沒動筆。不知道會寫出什麼東西來？

下次再聊，請多保重。

邦子

＊1　木下惠介執導、編劇的電影《香華》。

＊2　NHK廣播電台於翌年一月二日播出的廣播節目「船來說書『羅密歐與茱麗葉』」。

N先生的日記

昭和三十八年十二月二日

半睡半醒之間，錯過了「瓦版小報」（＊1）。「高級主管」以婦女從軍歌曲爲配樂對白衣天使發出禮讚，感覺很好。「阿九」天馬行空地從盆栽談到原子彈的誤爆，感覺普通。

九點十五分開始的「奧運上菜」（＊2）介紹有關奧林匹克的語源。作爲一個新節目，開頭表現倒是不錯。十點三十分，前往高圓寺。

午餐：昨天邦子買給我的沙拉和番茄、麵包。下午，氣溫沒有上升，感覺有些冷。晚餐：關東煮，冬天最適合吃這個了。提早去接受治療，八點鐘回家。窩在棉被裡讀書打發時間。

報紙 ¥46、《有田川》 ¥580。

＊1 文化廣播電台的「早安！瓦版小報」。主持人是渥美清，之後改由相聲大師一龍齋貞鳳主持。

＊2 文化廣播電台的「奧運上菜」，翌年東京奧運正式舉辦。

N先生寫給向田邦子的信

〔請都市中心飯店轉交〕

郵戳日期：昭和三十八年十二月四日（內含幾張剪報）

或許是下了雨、氣候變涼使得腳的狀況不是很好。幾乎都窩在電毯裡。奶油濃湯味道很棒，吃掉了三分之一左右。菜是拉麵、漁夫商標的罐頭。

這個星期有足夠的熱食可以吃，請放心，好好工作吧。蔬菜和罐頭也都OK。

如果天氣暖和，我想去你那裡走走；不過根據這個星期的天氣預報，看來是不太可能。

我會每天打電話。

千萬小心，不要感冒了。
也不要吃太多了！

三日夜

向田邦子寫給N先生的信

〔都市中心飯店的信紙、信封〕

郵戳日期：昭和三十八年十二月四日

拜讀來信。十分感謝。

今天（星期三），早上十點到弟弟的公司採訪。他們總經理十分配合，跟我聊了兩個小時，還帶我參觀公司。市場調查做得十分確實，稱得上是先進的現代企業。還附贈了豪華午餐；尤其感謝的是，知道我最近住在飯店，特別細心安排了竹莢魚生魚片和紅燒鯡魚等菜色。一點回到飯店便看到你的來信。

剛剛家母來電。

說是早上十點半東寶的藤本先生（＊）來電。

對方說：「現在人在羽田機場，要出差兩、三天，不知道邦子是否在認眞工作？」家母什麼都不知道，只是依照平常的習慣拚命跟人家陪非，我一聽不禁笑了出來。眞是本性難移啊！

不過，我也很清楚，愈是厲害的人愈有分寸，愈是不厲害的人才會隨隨便便。我雖然清楚這點，卻也沒辦法，從今天開始我會努力的。

外面正在下雨。今天晚上和子會幫我把信件拿過來，我打算跟她到外面吃飯。之後就乖乖回飯店工作。

NHK的羅密歐與茱麗葉不如提構想時來得有趣，或許是因爲我的心情有些急躁的關係吧。

關於電影劇本方面，細節逐漸在擴充中，但架構是我向來的弱點，還是不行——雖然結構還不是很完整，但基本樣子是有了，看來還需要一點時間。

在那之前眞想撫摸祿兵衛的尾巴，可是我得忍耐，眞是痛苦啊！

你好像對冷天有些吃不消，請好好加油！

不要爲了打電話而勉強自己出門。
不要忘了戴手套。
再見。

* 藤本真澄，電影製作人。曾製作「青色山脈」系列、總經理系列、青年領袖系列等電影。

N先生的日記

昭和三十八年十二月四日

連著昨日，今天又是雨天。「瓦版小報」提到金飾，又是貞鳳主講，不管是劇本還是講話都表現不佳。「高級主管」從小提琴提到黃色笑話，森繁的表現一直都很不錯。「阿九」從乾布按摩談到開羅、湯婆子。邦子寫的劇本已經連續播出好久，大概會在這幾集結束吧？邦子的來信晚了，二日寄出的信，中午才到。

冒雨前往高圓寺，吃了親子丼。好久沒吃米飯，不禁大快朵頤。一點半回家。百無聊賴地在陰暗的房間裡度過。天色暗得早，才過四點便開燈。

晚餐：關東煮之外，還加了番茄、小黃瓜、罐頭鮭魚等菜色。

雨停了又下，想到路況不好，便不去做治療了，在家休息。讀《有田川》（*）直到將近三點。
　報紙 ¥49、親子丼 ¥130、訂藥 ¥250。

* 有吉佐和子的小說。

N先生的日記

昭和三十八年十二月八日

有點睡晚了，過了八點才起床。感覺天氣不是很好。

十點前往高圓寺。午餐：奶油濃湯、番茄、小黃瓜、蛋。奶油濃湯到今天便吃完了。後來加的馬鈴薯、紅蘿蔔太多了，有點過量了。下午天氣變好了。

四點過後，邦子來了，兩個人有說不完的話題。晚餐：生魚片、豆腐、芹菜味噌湯、洋蔥、馬鈴薯燉牛肉、醋拌海帶芽、啤酒。好久沒這麼愉快了。

邦子躺在電毯裡休息，十點前回家。年關將近，她也是十分忙碌，眞是辛苦了。

報紙 ¥56。

N先生的日記

昭和三十八年十二月十日

看來天氣變壞了。才過六點，人就醒了。

「瓦版小報」談到友愛結婚（*），或許是因為稿量太多，說話的速度很快，聽得很刺耳。「高級主管」，因為精神不濟，錯過了。「奧運」介紹每四年舉辦一次的理由，有水準以上的表現。下雨了，以為今天又不能出門，不久便停了。出門去理髮，又漲價了，眞要命。午餐：熱狗、蛋、吃剩的燉牛肉。大概是因爲天氣不太好，中午開始有些寒冷。

晚上邦子來了。豐盛的晚餐：沙拉、香腸、洋菇、燙青菜、好吃的鰈魚。她準備完明天的食物才離開。閱讀她買給我的《恢復記》，感覺症狀好像不一樣。

報紙 ¥46、圖書報 ¥30、《旅遊》 ¥150。

＊ 男女友人彼此因寂寞或基於同情而結婚，其中也有沒有肉體關係的例子。

N先生的日記

昭和三十八年十二月十二日

今天又是曖昧不明的天氣。

「高級主管」提到借方貸方的話題。從「大批採購」開始講起，說到「偷雞不成蝕把米」，這一陣子表現都很好。「奧運」介紹百米賽跑，繼續維持這個水準，應該算是成功的節目吧。

今天外面又有修路工程，十分嘈雜。因爲十點半左右陽光露臉了，我到神田散步找書，感覺今天的身體狀況不太對勁。

打電話給邦子，說我先到柏水堂（＊）之後會去飯店找她。聊了一下便離開了。

回程搭電車，還是有點擠。在高圓寺吃了蕎麥麵才回家。將近五點的時候，感覺很冷，身子很不舒服。晚餐：關東煮、罐頭壽喜燒（生活工會商標、紅色圓形的罐身，附開罐器，內容普通）、蛋、麵包。

報紙 ¥44、公車 ¥35、電話 ¥10、電車 ¥30、計程車 ¥150、計程車 ¥100、《太陽》¥290、《瓦版》¥650、麵包 ¥40、蕎麥麵 ¥100、西點 ¥100、牛奶 ¥21。

＊ 神田神保町的西點麵包店。

向田邦子寫給N先生的信

〔都市中心飯店的信紙、信封〕

郵戳日期：昭和三十八年十二月十三日

謝謝你昨天來看我。

因爲我正無聊得快發瘋，所以很高興。

之後吃了一塊蛋糕，剩下三塊正準備好好收起來時，妹妹來了，她說：「哎呀，看起來好好吃喲。給爸爸、媽媽和我吃吧。」於是蛋糕立刻被裝在大袋子裡，我無心插柳地做了個孝順的女兒！

因爲住在飯店，餐費較便宜，晚上決定來個難得的豪華晚餐。我和妹妹在西餐廳點了兩瓶啤酒、碳烤牛排、碳烤鮭魚、前菜等，享用之餘心情也變得很好。

於是「瓦版小報」的劇本拖稿了，晚上十點半才搭計程車趕送到印刷廠。晚上翻閱週刊，洗完澡後，十二點半上床睡覺。

七點之前醒來兩次，然後忙了一陣（洗衣服）才用餐。吃的是西式套餐。只有飲食比較正常。

現在是九點，接下來要開始忙著寫「午夜故事」。我的如意算盤是——在中午之前完成，不知能否如願？

這個房間沒有浴室，算是美中不足，但是空調不錯，臉部肌膚不會失水乾燥。尤其是書桌很好用，工作起來很順手。昨晚我還在盤算著：從明年開始，一個月在這裡工作個十天，剩下的時間都可以好好玩了。

關東煮的味道如何？趁現在好好練習烹調關東煮，等哪天這行飯混不下去了，就賣關東煮吧！可惜我的成本費用太高，一開始便先要破產了吧！

聽妹妹說，家母見祿兵衛因爲我不在家、躺在沒有熱氣的暖爐桌上哀嚎，不禁感嘆地說：祿兵衛失魂落魄的樣子眞可憐！那傢伙眞是隻好貓。不像某某人，就算不來看我，我也無所謂了。算了，我還是別數落了。

剛剛吃了一顆橘子。大概是空氣乾燥的緣故，橘子特別好吃。一天可以吃上五到七顆。照這麼下去，我應該會變漂亮吧！

你不妨也多吃橘子。

今天就寫到這裡。眞是討厭。

我期待星期天和你一起吃生魚片、喝啤酒。

請多保重！

邦子

N先生的日記

昭和三十八年十二月十四日

一早起來，腳就不太對勁，手也不太舒服，感覺好像恢復的情形退步了。天氣也一直不好，十點過後前往高圓寺。午餐：番茄、小黃瓜、蛋。到了中午，氣溫還是沒有上升，看來一整天都會很冷。

邦子來信了。整天都有些冷——傍晚去了高圓寺。

晚餐：關東煮、炸魚塊罐頭、飯團。

一個星期沒有播出的吸菸室（＊）講的是「寂靜」的話題，談到自動點唱機、美術、味覺時還不錯——

報紙 ¥51、晚報 ¥15、《隨筆》¥70、

飯團 ¥80、牛奶 ¥21。

——之後的步調加快了，但整體感覺還可以。接下來聽「打電話給TBS」，前些日子聽邦子提過，從介紹邦子的經歷開始，接著播出她的劇本，關於美酒禮讚與右手的功能都很有午夜故事的風格，森繁的語調娓娓道出「圓形、充滿鄉愁的紅豆麵包和女人的臀部」，實在是太精采了。「人生最重要的是道義人情」，可說是成功劇本的例子。「愈來愈少有人用平假名寫出『女人』一詞」，感覺很有味道。邦子的寫作正值顛峰。聽了約一個小時後，覺得入睡狀況跟平常不太一樣，很不舒服。

＊NHK的「收音機吸菸室」，森繁久彌主持。

N先生的日記

昭和三十八年十二月十五日

星期天和昨天的身體狀況都不是很好，早上起得很晚。天氣很好，感覺風似乎很強。十點過後去高圓寺，和平常的星期天不太一樣。因爲年關將近，人潮果然多了。

午餐：吃完剩下的關東煮、蛋、麵包。下午風還是很強，有著冬天該有的寒冷氣息。

三點，邦子來了，聊了許多話題。晚餐：生魚片、維也納香腸、炒青菜、醋拌海帶芽配啤酒。晚上難得打開電視。

邦子九點半過後回去。之後感覺有些悵然若失，無所事事地窩在被子裡讀書。

報紙¥56、《味覺導覽》¥230、牛奶¥23、
酒心巧克力¥300、明信片¥50。

N先生寫給向田邦子的信

〔請都市中心飯店轉交〕

郵戳日期：昭和三十八年十二月十七日　限時信

我可以想像妳不高興抱怨的樣子。

我也因爲冬天眞正來了，身體不怎麼好受。昨晚十六日，奶油濃湯第一次上場，似乎這次做的味道較淡。不過我還是懷著感謝的心情品嘗，請別介意。

門口的修路工程開始修建天橋的爬坡，整天嘈雜不已。因爲不是冷天，就算窩在被子裡，還是覺得噪音難以忍受！今天起開始閱讀江分利滿先生（＊），卻老是看見誤植的錯別字，眞不像是這家出版社的品質。

趕快振作起來，努力工作吧！迷途的羔羊。

寫於十七日下午三點

邦子收

＊

不知是山口瞳所著的小說《江分利滿先生的優雅生活》（榮獲昭和三十七年下半年度直木獎），還是這年十二月出版的《江分利滿先生的華麗生活》。

N先生的日記

昭和三十八年十二月二十一日

寒冷的早晨果然讓人好眠，睡到七點過後才醒來。

「高級主管」的主題是家庭忘年會，從炸蝦談到按摩，是森繁和邦子絕妙搭配的典型例子。「阿久」提到第一次升上天空的日本紅太陽國旗的故事，但是我打從心裡覺得背景音樂不行。不曉得劇作家管不管得到這裡？

十點過後到書店走走。午餐：吃完剩下的奶油濃湯、番茄、蛋、麵包。一點，洗澡。下午，風轉強了，猶豫是否外出。

四點過後，邦子來了。忙著買東西。看「萬能」（＊1）聖誕特別節目。可惜不能看見彩色的，只能以童心發揮美麗的想像力。彩色播出（＊2）卻是黑白收視，這種錯誤倒是很像該節目的風格（？）。

晚餐：生魚片、燙青菜、蒟蒻燉肉、維也納香腸、香菇、豆腐、海帶芽味噌湯，晚餐好久沒有吃這麼飽了。

兩人聊到十點，邦子能夠稍微舒一口氣，我覺得很好。十一點半收聽「午夜故事」，提到在電影院的電梯附近，因爲喝了點酒話多的那一段，有點囉唆，但感覺不錯。動物都是裸體、裝飾品、眼影等表現愈來愈好。這個星期也是九十分吧。

報紙 ¥56、《文藝》¥120、《日本的總經理》¥450、紙袋 ¥100、《消費者》¥60。

＊1　NHK電視節目「萬能博士」。

＊2　彩色電視的播映是從昭和三十五年（一九六〇）起正式開始，但還是以黑白節目爲主流，彩色播出的節目有限。

N先生的日記

昭和三十八年十二月二十二日

看來今天早上還是很冷。去高圓寺的路上，在陽光照射不到的陰影裡還有殘留的霜柱。天空晴朗，天氣不錯，儘管溫度不高，但也可以算得上是冬陽麗日吧。午餐：昨晚剩下的味噌湯（豆腐、海帶芽）、牛肉燉蒟蒻、麵包。下午也是安靜舒適的天氣。

邦子說要看電影，四點前到。四點半左右前往新宿。在車屋點了烤雞串、生蠔、天婦羅等配啤酒吃。看了一下柏青哥，但是沒進去。買了一條圍巾送給我當作禮物。吃了海苔捲和年糕湯後才回家。邦子待到十點，說是頭痛便回去了。

之前訂的家庭湯送來了，今天開始飲用。

報紙 ¥56、圖書報 ¥40、《隨筆》¥80、

N先生的日記

昭和三十八年十二月二十四日

因為清晨的氣溫有些寒冷而醒來，之後便一直醒著。

「瓦版小報」談到女義太夫——大概是從「下情如何連隊」（＊）聊到推車的話題，感覺很好。貞鳳的表現還算不錯。「高級主管」談到裝嵌玻璃，差強人意。「奧林匹克」談到義大利國歌、印度國歌，只是將食物原樣端出來罷了。午餐：番茄、小黃瓜、兩顆蛋、麵包。在神田逛書店，沒有什麼收穫。

五點，邦子過來。晚餐：生魚片、邦子特製八寶菜、醋拌海帶芽、關東煮，菜色豐盛得一如開宴會。

十點，邦子回去。

報紙 ¥56、公車 ¥35、電車 ¥40、果汁 ¥25、《資料》¥800。

* 女義太夫、下情如何連隊：明治時代流行女義太夫，就是女說唱師的舞台表演。當時的觀眾，尤其是學生，會在台下配合說唱節奏大喊：「下情如何？下情如何？」於是被戲稱爲「下情如何連隊」。

N先生的日記

昭和三十八年十二月二十五日

還有一個星期，但是迷迷糊糊收聽的「高級主管」內容怎麼也想不起來。今天的天氣跟昨天一樣很暖和；但是烏雲遮住了太陽，顯得有些陰暗。十一點，去高圓寺。

午餐：番茄、小黃瓜、八寶菜（昨日剩菜）、麵包。

下午天氣持續暖和，太陽也出來了，好個善變的天候！傍晚時分到高圓寺買東西。

邦子捎來電報，於是打電話到都市中心飯店問原因，說是東寶催稿，又得開始閉關了。晚餐：關東煮、紅燒牛肉罐頭。治療。晚上漫步在薄霧之中。今天到了深夜還不覺得寒冷，眞是溫暖的一天。

報紙 ¥56、報紙（晚報）¥15、《舊椅子》¥480、
《奢侈的貧窮》¥270、《畫蛇添足》¥290、打電話 ¥10、
《今日中國》¥22、※ 披肩 ¥2600、
罐頭（鳳梨、牛肉、果醬）¥345。

這些書信和日記寫於昭和三十八、九年，當時姊姊向田邦子約三十三、四歲。她先是擔任總經理祕書、電影雜誌社編輯記者，然後是專職廣播劇作家，當時即將邁入第二個年頭。每天為截稿而忙，連睡覺時間都沒有。手上有TBS廣播電台的「森繁的高級主管課本」、「午夜故事」；NHK的「收音機吸菸室」；文化廣播電台的「早安！瓦版小報」、「我是阿久」、「奧運上菜」；關東廣播電台（現在的日本廣播電台）的「新鮮專欄」，以及其他個別的廣播、電視劇本邀稿，好像也有來自電影方面的工作。

當時我們一家住在杉並區本天沼的老家。

N先生是紀錄片的攝影師。當時身患重病，獨自住在離他母親家不遠的地方。

根據姊姊的信件和N先生的日記，他們兩人不到三天就見一次面。多半是姊姊傍晚時分到N先生家，夜深之後才回到向田家。不論是聖誕夜、除夕、還是新年都是如此……

N先生的日記

昭和三十八年十二月三十一日

一年又過了。仍是五點左右就醒了。

收聽「高級主管」和「阿久」。天空看起來不太對勁。在高圓寺買了拖鞋、蛋糕。

出門的時候，邦子來了。年菜餐盒的內容比往年都要豐盛，邦子果然一臉疲倦。兩人一起喝紅茶、吃蛋糕。收拾完後，她一點半回家。昨晚吃剩的壽喜燒火鍋加上烏龍麵，很好吃。

整理房間，做年終大掃除。傍晚，追加買了麵包，購物到此結束。

報紙 ¥34、拖鞋 ¥380、蛋糕 ¥180、綠雜誌 ¥200、訂藥 ¥3350、麵包 ¥40、巧克力 ¥100。

晚上看電視。「迎新送舊」——沒想到很糟糕。各電視台推出的節目畢竟是不如ＮＨＫ這種機構的水準。取材也不好，技術上更是拙劣。一點左右上床睡覺。

N先生的日記

昭和三十九年一月一日

雖然昨晚晚睡，今天還是起得很早。出門去買早報，路上只遇到兩個行人。果然是大年初一的街景，車站有兩、三群盛裝的人。天空很晴朗，令人感覺神清氣爽。

「瓦版小報」介紹阿仙姑娘的美談，作爲新年的節目還算可以。沒有介紹贊助廠商，而是介紹工作人員，算是新年的特別服務吧。「高級主管」提到太座的辛苦——忙著過年，聽起來的確是很辛苦。看報紙打發時間。午餐：麵（泡麵＋蔥、雞蛋）。

來了幾張賀年片。到了下午天氣變壞了，有些寒冷。

三點半，邦子來了。四點左右開始享用邦子昨天買來的好菜，妝點出大年初一的氣氛。看來啤酒喝太多了，於是鑽進被窩裡躺著。八點，吃年糕湯慶祝年節。

十點，邦子回家。

一如新年的氣氛，沒有車聲，好個安靜的夜晚。「新鮮」（＊1）的新年節目，先是提到了帕奇曼的軼聞，中段的百人一首（＊2）——

報紙 ¥115、奧林匹亞 ¥60。

——洋子（＊3）沒有安排朗誦，眞是遺憾。晚上早早便上床了。

＊1　指的是廣播節目「新鮮專欄」。

＊2　（譯注）據傳由藤原定家編撰古代至鎌倉時期一百位名家和歌而成的詩歌集，因多情歌，廣爲流傳至今。日本新年習俗，將《百人一首》詩歌分上下闕各製成兩張紙牌，由司儀念出上闕，參與遊戲者則從鋪滿紙牌的地面上抽出其下闕。

＊3　「新鮮專欄」的ＤＪ水垣洋子。

N先生的日記

昭和三十九年一月三日

大概是昨晚茶喝多了，睡不著覺，一直到四點多都無法入睡。今天早上八點半醒來之後還是昏昏沉沉的。因爲天氣不太好，涼意中躲在棉被裡聽「奧運上菜」，提到天龍與地虎的紀錄，感覺普通而已。

天氣冷又加上好像要下雪，趕緊去了高圓寺。買了報紙和藥便回來。午餐：吃剩的沙拉、一些年菜、泡麵：加了蔥、洋蔥、水煮鯨魚罐頭，還有紅茶，感覺身子比較暖和了。

爲了禦寒拿出暖爐桌。到了傍晚終於下起雨雪。洗完澡收聽舶來說書「三劍客」（*），內容很貧乏。

四點半，邦子來了。晚餐前我們聊了新年的話題。晚餐：壽喜燒火鍋、涼拌、年菜。坐在暖爐桌裡喝了兩瓶啤酒。八點開始看電視。十點，邦子回家。刮起一點風，感覺也下起了雨。「新鮮」提到快速戒菸法——一提到戒菸就覺得刺耳。奧運介紹尋找馬匹的故事，洋子的表現不錯。

報紙 ¥75、合利他命 ¥3000、綠雜誌 ¥100。

＊ ＮＨＫ廣播節目「舶來說書『三劍客』」。

N先生的日記

昭和三十九年一月四日

六點醒來。天氣似乎不太好，有雨聲。氣溫好像也很低。躲在被窩裡發呆。

「瓦版小報」，無中生有——邦子編了許多老歌新唱的歌詞，眞是厲害。「高級主管」，日本女性的特質，有微笑型和喜怒哀樂十分明顯的義大利歌劇型——大概高級主管也累了，模仿起歌劇來有些失敗。「奧運」談到了左撇子、右撇子，內容很不錯。

出門去高圓寺，雨雖停了，但太陽依然躲在雲裡。風吹得也有點冷。午餐：昨晚吃剩的壽喜燒火鍋加入泡麵、蛋、年菜。

下午，雲散了，天氣稍微暖和了起來。

五點，邦子來了。晚餐：生魚片、蟹肉醋拌小黃瓜、奶油濃湯、燙青菜。吃奶油濃湯令人渾身發熱。八點收看職業拳擊賽。

十點過後，邦子回家。聽ＮＨＫ的吸菸室，以「開始」爲話題，頗有新年的氣氛，挑選的俗諺也很有意思，算得上是佳作。尤其關於女性的金玉良言、話說開頭等都很有趣。森繁先生的表現有點不對勁。

報紙￥61、泡麵￥70。

N先生的日記

昭和三十九年一月五日

黎明時分，溫度大概下降了，六點左右吧，被凍醒了。今天是星期天，所以賴在被窩裡。太陽出來後，感覺氣溫暖和了些。去了高圓寺，或許是今年首次的好天氣，街上十分熱鬧，許多人都盛裝打扮。午餐：將全部年菜解決、蛋、麵包。今天早上氣溫是零下好幾度吧。住處附近的積水結了厚厚的一層冰。下午天氣晴朗，但還是有些冷。今天醒來的時候，腳的狀況不太好。或許是寒冷的關係吧，連書都沒辦法看。

五點，邦子來了。晚餐：紅燒比目魚、沙拉、烤雞肉、蘿蔔味噌湯。喝兩瓶啤酒以示新年假期到今天結束。之後收看「赤穗流浪武士」（＊）第一集。比想像中要好看許多，有可能成爲今年的話題作。

十點，邦子回家。深夜傳來雨聲，令人擔心明天的天氣。

報紙 ¥61、《東海道膝栗毛》¥200、麵包 ¥50。

* 前年昭和三十八年，NHK以「花的一生」揭開大河連續劇的序幕，這是第二齣。長谷川一夫、志村喬、山田五十鈴等許多電影明星均參與演出。

N先生寫給向田邦子的信

〔請都市中心飯店轉交〕

郵戳日期：昭和三十九年一月二十一日

時序進入大寒，天候益趨寒冷。

就日前來訪時的咳嗽狀況，想必目前依然深受其苦，著實令人擔心。敬請暫時以健康爲重。

我則是無所謂，只是等待寒冷的季節早點過去。依然繼續到高圓寺購物，但確實沒有精力遠行到中野或神田等地區。

昨天二十日晚上，承蒙妳爲我做奶油濃湯，實在太可口了，不禁吃多了。泡菜鍋則是今晚的享受。預計可以吃到星期五，所以請妳放心。今天的午餐是番茄、小黃瓜、蛋、蛤蜊罐頭、麵包和紅茶。

請千萬保重身體。（我再三強調這可不是三平（＊1）的招牌台詞！）

我看過「七個孫子」（*2）的第三集，演出效果一如劇本的粗糙，技術上也稍嫌不足。我能了解森繁先生的努力，但在我眼中只能算是失敗之作。我擔心照這樣下去，播出一個段落後，收視率不知會是多少？希望邦子的魔力能發揮作用。

早起也只有「高級主管」能聽。試著收聽其他節目，不管什麼節目都好，只因爲背景不同——或許是因爲我早聽膩了的關係。比起一般人，我大概只聽了他們的幾分之一吧。

如果工作到一個段落——妳應該會說不可能的——請好好打扮自己！

再次請妳好好珍重。

二十一日下午兩點

*1　林家三平，相聲家。「請千萬保重身體」是三平慣用的問候語。

＊2 TBS頗受歡迎的電視劇「七個孫子」。由森繁久彌、加藤治子、石田步等主演，一直播映至昭和四十一年（一九六六）。是向田邦子成爲電視劇作家的成名作。

向田邦子寫給N先生的電報

郵戳日期：昭和三十九年一月二十六日　特急電報

「今晚無法去」邦

N先生的日記

昭和三十九年一月二十六日

星期天早上的收音機很無聊。天氣很好，到高圓寺的人也很多，不知是來購物還是遊玩，氣氛令人羨慕。午餐：番茄、小黃瓜、蛋、麵包。

下午，邦子拍電報說不能來，大概是忙吧。希望她好好加油。

相撲賽在大鵬的優勝中落幕。晚餐：奶油濃湯（加了馬鈴薯、洋蔥）、餅乾。早早便躺進被窩裡。

沒想到邦子在將近九點的時候過來，幫我準備好明天的食物才回去。大概是連日來的熬夜，顯得很憔悴，希望她保重身體。

報紙 ¥81、麵包 ¥20、果醬（兩瓶）¥280、《町句》¥200。

N先生的日記

昭和三十九年一月二十八日

早上感覺很睏。

「瓦版小報」提到笨蛋一詞的由來，因為是半睡半醒之間聽的，想不起內容是什麼。「高級主管」提到放假去滑雪、開會一臉倦容、喜歡出國旅遊等話題……「奧運」提到偷跑，感覺很不錯。其中主管夫人的台詞寫得好。今天天氣陰霾，一早便顯得寒冷。午餐：炸蝦飯。午後下起了雨。

傍晚，邦子來了。兩人好久沒有一起吃晚飯：生魚片、香菇、香腸、羊栖菜、豆渣、沙拉、蘿蔔味噌湯。啤酒也很好喝。不禁抱怨如果腳的狀況好就更棒了！又是一年過去了，覺得十分感慨。

邦子稍微打了盹，十一點左右回家。

報紙 ¥81、炸蝦飯 ¥140、《迷惑的人與不迷惑的人》 ¥360。

N先生的日記是橫寫在大學筆記本上。從十月七日起，每天都寫。最後一篇是二月十八日。根據幫我調查的人表示，翌日N先生便過世了。

接下來是N先生最後三天的日記。

N先生的日記

昭和三十九年二月十六日

什麼事都沒有的早上，如果身體的狀況好一點，就能睡得安穩了。六點醒來。十點過後去了高圓寺。午餐：關東煮、麵包。下午洗了個澡。腳的情況不太對勁。天氣雖然不錯，卻沒有心情出門。

傍晚，邦子來了。一起收聽「現代劇場」（＊1），演出的節奏不如劇本想像來得緊湊，選用的演員也沒有發揮效果。effect（＊2）方面還需要加把勁。

晚餐：壽喜燒火鍋、沙拉、紅蘿蔔和蓮藕。之後邦子開始工作。看完「赤穗流浪武士」後，十點出門，因爲錄音暫停又折回來，喝了奶油濃湯後，於十一點回家。

報紙￥71、養樂多￥15、《西洋古典》￥320、《圖書報》￥20。

＊1　文化廣播電台的「現代劇場『離婚進行曲』」。劇本：向田邦子。主演：芳村眞理、小澤昭一。

＊2　effect，音效用語。

N先生的日記

昭和三十九年二月十七日

五點便醒來了。不想讀書便迷迷糊糊撐到八點。

「高級主管」提到世界上最好吃的菜？最難吃的菜？這是邦子的拿手話題，高級主管連人都吃了。沒想到天外有天，有人啃骨還要食髓。內容十分有趣。「奧運」提到三級跳，內容平凡。

出門去高圓寺，回家時順道去治療。午餐：用昨晚吃剩的壽喜燒火鍋煮稀飯、沙拉、吃剩的關東煮。起風了，但陽光相當溫暖。傍晚，兩腳泡了熱水，有些累。

邦子來了。晚餐：豆腐、？、涼拌、燙青菜、清湯。

到醫院商量今後的治療方向。腳和頭的狀況都不太好，可是明明沒有發燒呀！

十點半，邦子回家。

報紙 ¥71、養樂多 ¥20、水桶 ¥750。

（邦子給了 ¥10000）

N先生的日記

昭和三十九年二月十八日

睡了兩個小時，而且多夢。過了一點之後，昏昏沉沉地不停起床又躺下。在支離破碎的睡眠中熬到天亮。拿起週刊雜誌隨便翻翻。

「高級主管」對「沒有比高級主管更輕鬆的工作」加以反擊，如果高級主管是「管理人」，那主管夫人呢？教練。很不錯！「奧運」提到二十八年前的暢銷唱片〈前畑，加油〉。看來是邦子寫的，內容很棒。

天氣不是很好，仍然出門買東西。途中下起雪來，趕緊買完東西便回家。

午餐：包子、沙拉、海帶芽、蛋。

昨天起修路工程進行到家門口的馬路，一早就被吵得頭都痛了。整個下午都在下雪。

晚餐：奶油濃湯、蛋、麵包。

報紙￥71、包子￥100、《古語事典》￥380。

第2部

姊姊的「祕密」

不再歸來的房間

昭和五十六年（一九八一）八月二十二日，星期六。

或許是颱風來襲的前兆吧，外面下起了傾盆大雨。吃完午飯，跟平常一樣悠閒地開著電視，一邊翻閱雜誌，還不時打瞌睡。電視畫面上出現新聞快報的字幕。

是颱風登陸了嗎？什麼？台灣發生墜機事件。怎麼回事？姊姊不是也在台灣嗎？今天的行程是……

這一次沒有給行程表。

每次出去旅行都會給我一份行程表的。不過這次在電話留言裡倒是留下了聯絡方式，還交代我：有急事可以打電話到她青山的家裡。

對自己不斷說著「要冷靜、要冷靜」，便開始撥電話。姊姊的聲音說出了台灣高雄的飯店電話號碼。記下之後，直接打電話到飯店，對方聽得懂日文卻聽不懂我在說什麼。放下話筒，又重新撥了幾次電話，結果還是一樣。對方也是一片混亂。慌亂之間電話被切斷了。接著打電話給姊姊交代有事可與之聯絡的人之後，我才出門前往走路只須十五分鐘的「媽媽屋」。媽媽屋是「校長兼工友」的姊姊跟店長兼洗碗工、雜事一肩挑的我合開的，是賣家常小菜的小酒館。

開張致詞

炒藕片、馬鈴薯燉肉的家常菜配小酒吃到飽，最後再來一口咖哩飯收尾——順便帶點家常小菜回家當伴手——我們開了一家這樣的店。位於赤坂日枝神社大鳥居對面巷道的第一個轉角第二間店面。店面雖小，口味卻都是親手打造。家常氣氛與價格絕對讓您輕鬆自如，歡迎前來捧場品嘗。

這是姊姊寫的「媽媽屋」開張邀請函。開店至今已經過了三年的時光。

一走進店裡，臉上多少恢復了做生意的神情，開始確認這一天的預約狀況。內心一邊祈禱姊姊跟墜機事件沒有關係，卻又難抹心中的不安，於是決定臨時關店，並一一打電話回絕預約的客人。不久大廚和工讀生陸續依照預定的時間來上班。「媽媽屋」沒有電視，收音機始終開著，但沒有任何消息進來。期間電話聲不斷，許多看了電視字幕的人們來電詢問。「媽媽屋」成了臨時聯絡站。

下午四點半，晚餐比往常時間提早做好了。

「還是先吃一點比較好！」大廚的聲音讓我回過了神，將晚飯放進嘴裡。我食不知味，連吃飯都覺得痛苦，只是將食物倒進胃裡。

已經確知乘客名單中有「向田」，但什麼時候「Mukouda」變成了

「K‧Mukouda」、「Mukouda‧Kuniko」，我卻完全不知道。

出事了！作夢也沒想到居然會遇上墜機事件……

不知從何時起，店裡擠滿了人。還有很多人擠不進來。是幾個人還是幾十人，我也搞不清楚。只見人滿爲患，到處都是人、人、人……閃光燈不停亮起，快門聲此起彼落，突然間我被採訪了。

怎麼回事？我要扮演什麼樣的角色？

我無處可逃，不願面對的殘酷現實直逼眼前。

不知什麼時候周遭逐漸安靜下來了，店裡店外堆滿了報紙、雜誌、空便當盒和菸蒂等垃圾。嘈雜的人聲消失了，只留下我孤子一人。

天亮了，感覺好像還置身在颱風之中。根本沒有時間讓我安靜地好好思考。一個接著一個必須處理的事件蜂擁而至，我得加以解決。墜機事件，而且還是發生在台灣。哥哥保雄一個人出發前去認屍。

面臨重大事件或是人生重要關頭時，總是陪在我身邊、支持我、守候我的姊姊邦子，不在了，她突然消失了。我不願相信她已經死了。這種事是不可能的，不應該發生的……

首先該如何處理呢？我要做什麼才對？如果是姊姊，她會怎麼做？姊姊希望我怎麼做呢？我總覺得邦子以前說過的話裡應該會有答案。

「應該以生者爲重。」每次一有事，姊姊總是這麼說。如果是姊姊，應該會這麼處理。說到生者，就是媽媽和馬米歐了。馬米歐是暹邏種、銀灰色的貓，和姊姊住一起，是她的愛貓。

偏食、好色、窩裡橫、小心眼、害羞鬼、愛撒嬌、喜新厭舊、好面子、說謊大王、使性子、懶惰蟲、愛老婆、壞脾氣、過度自信、健忘症、討厭看醫生、不喜歡洗澡、妄自尊大、任性、毛躁性急……

說也說不完，就到此為止。你其實是男人中的男人。

我就是看上了你這一點。

這封情書的對象馬米歐正在青山的家裡久候主人的歸來。「不管發生什麼事，『媽媽屋』都必須開店營業。我認爲應該這樣。不管人家說什麼，就是要繼續做下去。我希望能夠這樣。」姊姊接著說。

媽媽、馬米歐和「媽媽屋」是姊姊親手交給我的無法取代的禮物。

爲了照顧馬米歐，我開始每天到青山的公寓；但我還是和以往一樣跟媽媽住在赤坂，同時忍受別人在背後念我「這種時候」繼續讓「媽媽屋」正常營業。「媽媽屋」之後還是作爲與新聞媒體相關人士的聯絡站。一旦歇業，媒體就會直撲赤坂的家。對心臟不好的媽媽而言，肯定無法負荷；也會造成左鄰右舍的不便，連我都會受不了。姊姊一定早就清楚會發生這些事，這是過了很久之後我才發現的。

我和媽媽搬到姊姊住家兼工作室的青山公寓，開始和馬米歐一起生活。

那一天正好也接到了確認遺體的聯絡電話。

十幾年來，媽媽只到過青山的公寓五次，就算去了也只待個半天而已，頂多就是約一起吃個便飯的前後時間，到青山附近逛街買東西，或打發等待的時間一起喝個茶罷了。照理說應該連冰箱門也沒開過、一本書也沒翻過、也從沒碰過姊姊的劇本，這樣的媽媽卻直接睡在姊姊的床上，睡在女兒不再歸來的房間。但是媽媽始終沒有讓人看見她流淚。

整理遺物

沒有主人的家，感覺空間比平常要空曠許多。殘暑酷熱，屋內卻顯得冷清。一向不太出聲的馬米歐偶爾會發出粗野的哀嚎，牠不肯從貓的房間裡出來。因爲害怕外人，身體始終緊張地僵著。

工作室、起居室兼客廳用的十坪大的房間和寢室，加上貓的房間、儲藏室、廚房、浴室、洗手間和地下室的倉庫，這就是姊姊住的地方。

十坪大的房間裡，放著一張高大的成人都能躺得舒服的皮製沙發和配合沙發長度訂做的長方形黑色茶几，以及黑色扶手椅。此外就是電視機、儼然成爲置物用的大餐桌、紋路特殊的木製家具、用來寫稿和吃飯用的簡單四方桌。牆邊是訂做的櫥櫃和書架，那裡放著李朝白磁壺和泰國買來的銅鼓。若是平常，屋裡會堆滿報紙、《新潮週刊》、《文春週刊》、《朝日週刊》、《小說新潮》、《All讀物》、《淑女》等雜誌，其他讀到一半的書、別人贈送的書也會成堆亂放。地毯上到處都是書本、雜誌的山堆，一不小心就會被絆倒。

如今主人不在了，卻騰出了可容納好幾個大人躺平的空間。是整理過後才出門前往台灣的嗎？平常忙得連睡覺時間都不夠的人……

我不禁心跳加速。

收拾整理是姊姊少數不拿手的事。

是第六感的預知嗎？不會吧……

姊姊突然不見了。這事令人難以置信，也令人不願相信。但是現實是殘酷的，我必須開始整理她的遺物。

姊姊每次出外旅行，都拜託我照顧馬米歐和簡單整理房子。只要照著姊姊的指示幫馬米歐準備食物、換水；收拾來信、報紙和雜誌，所需時間約十五分鐘。這中間我連一杯水也不喝，也絕對不碰其他東西。倒不是姊姊要求我這麼做，而是這就是我的做事方式。也因爲知道我如此，姊姊才會拜託我幫忙的吧。所以什麼東西在哪裡、怎麼擺放，都是現在才知道的。

貓的房間裡堆放著幾箱裝有文學全集、百科事典等大部頭書的厚紙箱，其中也有些裝著文件資料的大信封袋與牛皮紙袋。檢查了一下書本和雜誌，當時留意的書頁裡夾著小紙片，大概是打算日後剪貼的吧。房間裡瀰漫著馬米歐的騷臭味。我必須忍耐貓的騷臭，收拾房間可以縮短我和馬米歐之間的距離。

牛皮紙袋裡裝的是榮獲直木獎殊榮時的賀電、收據、費用明細等文件，已經是五、六年前的東西了。由於姊姊未曾好好整理，需要的時候往往找不到。這種情形經常發生。

十坪大的房間裡有三個不鏽鋼製的收納櫃。因爲不是姊姊喜好的材質，感覺有些不協調。每個抽屜上面寫著「說明書」、「剪報」、「年金」、「保險」、「國外旅遊」、「信件」、「名片」、「需回覆、有期限」、「美」等標題。

「美」是「美食」的省略，收藏著隨手撕下的報章雜誌報導、廣告單、吃過之後覺得喜歡的禮盒食品簡介等紙片。只有「美」這個抽屜裡的分類很確實，但是已經裝不下，有些紙片都露出來了。其他的抽屜則是互爲夾雜，根本不照標題分類收放。

或許是喜歡買來放著，也或許是性子急，想到就非買不行，有很多重複的東西。不同尺寸的大中小禮金袋應有盡有，加上紅包袋之類的，究竟打算用上幾年呢？大學筆記本和普通筆記本也有幾十本，幾乎都是空白的。光是鉛筆、膠帶、自來水筆就有兩紙箱。PHILIPPE・SALVET的長袖棉襯衫，黑色、灰色、褐色、綠色、胭脂紅、墨綠色等，約有三十件、羅貝塔的化妝包、新的內衣褲約二十件。

沒有大筆的存款，存摺和印鑑都收在同一個抽屜。每一個皮包裡都可以找出數十個百元、十元、五元、一元的硬幣。她是不帶零錢包的人，零錢隨手就丟在皮包的暗袋。暗袋裡只有硬幣，沒有任何的備忘本或名片。

書架的前排並列著從泰國帶回來的宋胡錄小壺，大概有八十幾個吧。只是其中有價值的仍屬少數。

兩幅羅貝爾・克丘里耶的石版畫，從搬來這裡便掛在起居室的牆上。那是線條白描的裸體畫。是因爲十分喜歡，還是因爲這兩幅畫百看不厭呢？她最喜歡的是藤田嗣治的石版畫〈貓〉，許多照片都是以這幅畫爲背景拍攝的。此外還有長谷川利行的油畫〈女明星〉。父親敏雄任職的公司，每年的月曆都是採用長谷川利行的作品。總經理就是利行的收藏家。姊姊也受到吸引，一直都希望能夠擁有。

掛在玄關處的是小絲源太郎的書法。貼金箔的短簡上，以紫色的油彩書寫著：春立つせ悲しきものは象の芸（春去人感傷象藝也）。外圍是藍灰色的木頭裱框。

寢室進門處的牆上是片岡球子的〈富士〉。或許是用色、圓弧的線條、明朗的畫風能帶給她安詳和活力吧。

玄關正面的牆上是中川一政的書法作品：「僧敲月下門」。意思是不斷修改詩句或文章，大概是用來自我勉勵的吧。

另外還擁有一幅中川一政的書法：「有時會覺得自己不行了，卻也是可以突破的時候。」

一半的畫布上畫著一隻睡虎，充滿了童趣。虎年出生的我最喜歡這幅作品。走廊上常常掛著山本梅逸的日本畫〈菊花〉和〈雀鳥〉。

有好幾本的記事簿，都不是自己買的，而是TBS、文藝春秋等機構送的。記事簿所有人的欄位上寫著：「向田邦子、B型、東京都港區南青山」，但是每一本從元旦起的記事欄都是空白。

裡面留有一些類似記事的文字，就像在稿紙上寫人名、○、×、箭頭等暗號一樣，完全看不懂是什麼意思。

食物不能像衣服、文具那樣買來存放，但還是有很多啤酒、酸梅等瓶瓶罐罐的東西。冰箱裡有只剩下一點的海苔醬和番茄醬、美乃滋。因爲不敢暴殄天物，才沒丟掉吧。不知她這是昭和初年那個世代的人的特質還是個性使然？

幾本相簿裡有整理過的一些照片，都是任職《電影故事》雜誌編輯時的東西，像是春秋兩季員工旅遊時的照片。

昭和二十、三十年代（一九四五～一九五五），員工旅遊是很快樂的事。每張照片中的姊姊臉上都寫著旅遊的快樂。

黑色毛衣是姊姊自己編織的，格子的百褶裙也是自己縫製的。照片裡胭脂紅的格子襯衫、戴著的帽子，這些也是自己手工做的嗎？黑色的無肩泳裝照……我一張又一張興味地翻看時，心中猛然閃過一個念頭：頭一次看到姊姊二十幾歲時的丰彩，這究竟意謂著什麼？

可惜我沒有時間多想，總之先將所有照片都塞進出國旅行時常用的不鏽鋼製旅行箱。

書架上的書本、宋胡錄小壺、盤子等都裝進了厚紙箱。過去因爲書本、雜誌堆積如山而找不到位置坐的起居室，現在則堆滿了紙箱。連邦子的氣味也給封箱了。

牛皮紙袋裡的「祕密」

躲在房間裡、等到沒人在家才出來找東西吃、晚上不時哀嚎的馬米歐在姊姊過了頭七之後性情大變。牠快步出現在走廊上，開始在起居室裡到處探索。時而發出「喵、喵」的低吟，一邊往廚房、洗手間等開著門的地方走去。不停地在屋子裡快步徘徊，彷彿是在找尋主人一般。牠這樣大概持續了一個星期之久吧？

夜裡，我一個人將棉被鋪在變得空曠的起居室。躺下來時，馬米歐邊叫邊在我的棉被周圍徘徊。當我的手腳從被窩裡伸出，牠便一口咬住。

「馬米歐！你幹什麼？你想說什麼嗎？你的主人已經不在了，再怎麼找也找不回來了，你只能死心呀。」

然而沒什麼用。有一天，我抱著被牠抓傷的心理準備，握住馬米歐的兩隻前腳，靠近牠的臉，緊盯著牠的眼睛說：

「馬米歐，你聽好，從今天起我就是你的主人。你想咬我就咬吧，我是不會輸給你的，你試試看吧……我知道你也很難過。你也很寂寞，很悲傷吧……可是，我們無能爲力呀。」

馬米歐咬了我的手腕兩、三次。因爲彼此緊張的對峙，我和馬米歐都筋疲力盡了。馬米歐軟趴趴地躺在跌坐在地上的我身旁。

之後不久，只要我在公寓的五樓出電梯時，馬米歐都會到玄關迎接。

媽媽不管邦子這裡多麼方便、多麼寬敞，她好像已經決定最後的住家是三年前才搬進去的赤坂公寓，於是一心一意整理青山的公寓和打包行李。

媽媽總要到最後時刻才公布決定。她安靜地聽完大哥保雄、二姊迪子和身爲么女的我的意見之後，擱了一段時間，等到緊要關頭時，她簡短、不帶一絲感情地毅然宣布：「我決定這麼做。」

處理姊姊的遺物時，她也是如此。

「所有邦子的遺物暫時都交給我保管，我帶回赤坂的公寓。」

赤坂的公寓是兩房兩廳。家具擺設不是很多，卻也容納不下所有的遺物。例如書本，如果沒有另外租借書庫，根本沒有地方擺放。就在傷腦筋的時候，姊姊的母校實踐女子大學的圖書館表示願意代爲保管。媽媽覺得能夠集中放在一個地方保管是再好不過的了，便交給對方。

整理得一乾二淨的書架上，只剩下電話和電話答錄機。

地下室的倉庫也趁此整理了。姊姊大概也很少進來吧，到處都積滿了灰塵。許多的厚紙箱、貓窩的護欄、裝畫的木箱等隨處散置。

最後還剩下一個地方沒整理。從玄關走進起居室，左手邊是廚房，而前面有一個兩坪大的儲藏室。我從來沒看過姊姊進出這間房間，門邊堆放著啤酒箱，裡面存放了一些罐裝啤酒，四周搭上簡單的架子，上面堆放衛生紙、不用的毯子等布類、整箱的食品、禮盒包裝的器具用品。還有好幾個牛皮紙袋，看似不常被動過。

發現那個裝有一本大學筆記本和兩本記事簿、幾封書信的牛皮紙袋的是二姊迪子，她看都沒看就交給了我。

「我想這些應該是攝影師的東西，妳拿著吧。也許哪一天會跟妳要來看也說不定。等所有事都處理好了，有那個心情時，妳不妨拿出來看看……」

當時我還覺得莫名其妙，不知二姊在說什麼。

況且也無暇探索姊姊的「祕密」，只想趕緊處理眼前的瑣事。

在青山公寓難過度日的媽媽，終於到了忍受的極限，開始吵著要回赤坂。我們來到青山住下，前後也已經半年了。

姊姊的書畫古董、生活用品、衣服、鞋子、帽子、原稿、唱片、畫冊、食譜等所有東西都運回赤坂。

邦子離開荻窪天沼的老家，自己一個人搬到霞町、之後搬到青山時始終慎重收藏的牛皮紙袋也跟著媽媽、馬米歐和我回到赤坂的公寓。這是昭和五十七年（一九八二）二月的事。

向《父親的道歉信》致歉

裝有「祕密」的牛皮紙袋一直收放在我房間書架上的最深處。

倒不是沒有想過打開來看看，只是始終沒有跨越這一步。與其說是跨越這一步會對姊姊失禮，倒不如說是自己的心情還需要一些時間整理，我還沒有辦法正式面對這個祕密。我覺得自己還不能掌握整個事情的眞正意義。

姊姊很少提到自己的事，我想並不是因爲我們之間差了九歲的關係。她好像也沒有跟其他兄妹提起。她也沒有跟我提到對父母、其他兄妹的看法。她覺得我眼中所見、心中所感的父母是什麼樣子都好，並不會硬要將她的想法和印象強加在我身上。我也一直以身爲妹妹的角度，有著自己對向田邦子、向田家的觀察和印象。就算讀了姊姊的散文，也只是淡淡地覺得：「原來姊姊是這樣看我們家的呀。」

姊姊過世後的頭兩年我還在摸索，我完全搞不清楚狀況？連自己是如何過日子的，也記不太清楚。大概是想忘卻墜機猝死所帶來的衝擊吧。

三、五年之後，姊姊遺留下來、充滿她氣息的重要遺物馬米歐也死了。在接受關於姊姊生平的各項採訪，以及和姊姊工作相關的人士、朋友聊天之際，才很自然地接觸到她作爲姊姊之外、身爲向田邦子這個人的工作、生活態度與生存方式。我不懂太專業的說法，只是有種想法開始在心中滋長，我決定以一個女性、一個個人的角度重新審視向田邦子的人生。

姊姊活了五十一歲又九個月便離開人世。過世九年後，當我活到和姊姊一樣的年紀，突然有種莫名的難過湧上心頭。一種很單純的想法：「我也活到跟姊姊一樣的年紀了……」

過去總是覺得姊姊比我年長九歲，這種意識根深柢固，始終如此。但是如今活到一樣的年紀了，今後將處於同樣的位置。這是我的感覺，我開始覺得或許多少可以被允許探索姊姊的內心世界吧。

在姊姊跟我提之前，我向來什麼都不問。我不記得問過姊姊「現在在做些什麼」、「爲什麼會這麼想呢」、「爲什麼要這麼做呢」等問題。因爲我覺得不可以問這些事。而且不只是我，我們全家一致都不會質問姊姊。因爲我們不會也不必要介入別人的內心世界。但是活到五十一歲又九個月了，我或許應該開始轉變。

我並沒有讀完姊姊所有的作品。

如果姊姊跟我聯絡說「我寫了這些東西，妳讀讀看」，我就必須去讀，因爲生性急躁的姊姊一定會馬上來問膚淺的我的感想：「讀過了嗎？怎麼樣？」不過姊姊也不是所有的作品都問我的感想，像劇本我就只讀過兩、三齣而已。少數幾本姊姊的散文、小說，我也只是追著文字跑而已。所以我打算重讀姊姊的作品。

我毫不猶豫地從《父親的道歉信》開始讀起。她本人曾說在乳癌的後遺症和罹患血清肝炎的時候，「有種想留下一份沒有特定對象的輕鬆遺書的心情」。我想書中應該隱含著她的眞心和眞情吧。

好久沒有完整讀完一本書。姊姊生前的時候，我曾經質疑：「爲什麼要寫這些事呢？」儘管嘴巴上沒有說出來，但我個人的這個質疑卻始終縈繞在心中未曾消失。然而許多縈繞心頭的質疑終究還是消失無蹤了，我很驚訝自己居然那麼輕易就接受了姊姊的想法。感覺好像隨著時間的過去，心情也會跟著平靜和緩。

姊姊寫《父親的道歉信》不是用慣用的右手，而是用左手書寫。她當時因爲血清肝炎的關係，右手完全不聽指揮。寫完一本書，得要有相當的精力才行；更何況不是一本普通的書，而是一份「輕鬆的遺書」。光是書寫就是個大工程吧。還好我的手腳沒有問題，接著我想試著抄寫一遍《父親的道歉信》。

有時候一天抄兩百字，有時候一天抄六百字，也有時候完全都沒抄寫。

沒有明確的規定，只是抄寫時很自然會端坐，而且不是死抄書、完全沒有思考文章句子的意涵。玩味文字的工作跟我無緣，我只是在思考當姊姊用左手寫作時，她對家人究竟抱持怎樣的看法。實際寫出來的文章句子，的確傳達了姊姊的想法，而沒有直接訴諸成文字的情感也流露在字裡行間。我第一次發現姊姊的眞心眞意原來如此深切！

我完成抄寫之後，自我反省：憑著盤踞在內心角落的記憶、自己一廂情願的想法，我恣意臆測姊姊的想法，隨便創造了自己的向田邦子形象。可是一個連自己都不太了解自己的人，要想理解其他人，未免太可笑了，也實在不可能呀！

話又說回來，爲什麼姊姊會這麼成熟呢？

我心中又有了新的疑問，於是我再一次發現姊姊的內心竟是如此的深沉！

大家對於我求知態度的不積極，一定覺得驚訝萬分。我沒有立刻解除疑惑，而是丟到心中的某個角落擱著。

經營「媽媽屋」、與年事漸高的媽媽共同生活，光是忙這些就夠我慌張度日、整天被時間追著跑了。

「出嫁」到第二故鄉

媽媽年過八十之後，嘴上常常像口頭禪般叨念著：

「邦子的原稿、衣服、書畫和古董什麼的，該怎麼處理呢？和子，妳怎麼想？就交給妳處理吧……」

我很清楚媽媽的想法。媽媽希望在活著的時候，趁腦袋還沒有糊塗，將這些東西妥善處理。就連生性散漫的我也擔心起來，心中總是掛記這件事。可是我還是沒有跟任何人商量，只是覺得到時候問題自然會解決，於是無所事事地光等著。

「媽，放心，一定會順利解決的。因爲媽的運氣一向都很好。我總覺得到時候就會有意想不到的事，然後什麼問題都解決了。」我老是這麼回答。

「船到橋頭自然直」，這就是我的絕活。靜靜地等著時機的到來，凡事都不緊張、不心急。

就在媽媽八十七歲那年吧，從鹿兒島市捎來了意想不到的請求，說是他們要設置近代文學館，姊姊是與鹿兒島有所關聯的作家，希望我們能提供她的遺物作爲收藏。

「交給市政府管理，我也比較安心。」「可是鹿兒島那麼遠，我們很難去一趟呀。」「不過，遺物能夠不分散是最好不過的了……」我一想到什麼就跟媽媽商量，或許根本就是我一個人在自言自語。就跟往常一樣，我千迴百轉地左思右想之後，媽媽悠悠地丟下一句話：「就讓她嫁到鹿兒島吧！」

這時長久以來掛念的問題便如釋重負了。

「不愧是媽，說得眞好！就這麼決定了，太好了，一切搞定了。」

感覺心情十分愉快。

「媽這下子可以安心地去了！」我趕緊將到了嘴邊的這句話吞回去。

邦子隨著父親的職務調動住過鹿兒島，那是在國小三年級到六年級的兩年之間。她稱呼鹿兒島爲「第二故鄉」，對那塊土地有份愛戀。對媽媽而言，那段日子充滿了愛和希望，是很愉快的時光，也算是媽媽的另一個故鄉。

媽媽的運氣果然很好！

邦子的東西即將自狹小的公寓搬離。想到這裡，內心固然放下一塊大石頭，卻也覺得寂寞、傷心，同時又萌生一些欲望。遺物裡包含了中川一政大師的書畫作品，全部加起來究竟值多少錢呢？對方話裡提到了「有預算可收購爲館藏品」。「既然是出嫁，本來應該是我們要準備嫁妝的。結果卻反過來要跟對方談判，這該怎麼辦？」我一個人開始胡思亂想。乾脆開門見山直接問媽媽：「打算以多少錢讓給對方呢？」

「我從來沒有想過這個問題，去問人家也很好笑。究竟該怎麼處理才好呢……」

就像平常一樣，媽媽將我的貪念當成戲言，聽過就算了。東想西想之後，猛然發覺凡事沾惹上金錢就令人心神不寧、自討無趣。

有人能夠幫我們保管、好好收藏這些東西，自己應該十分感激。能夠不花錢就有這樣的安排，我們不僅落得輕鬆，更該覺得幸運。於是我心想不如就捐贈出去吧！

「這樣很好，能夠好好保存這些東西才是最重要的。這麼一來，媽媽也能安心了。因爲邦子爲了這個家，一句怨言也沒有。爲了這個家，她做得太多了。她對我這個媽媽幫助很多。每次跟她說『對不起呀』，她就說『這是我們之間的祕密，如果弟妹發現了，到時候再說。媽媽不要對外張揚，就這麼決定了』。那孩子從小就跟別人不一樣，並不只是會念書、頭腦很好而已。」

媽媽開始像河堤潰決一樣訴說對邦子的記憶。她希望依自己的心意處理邦子的遺物，而今願望實現了，她喜不自勝吧。

整理送往鹿兒島的行李是個大工程。狹小的公寓裡幾乎找不到立足之地。一件一件檢查過後、製作捐贈明細清單、裝箱打包。包括衣服、書籍、雜物、小東西等。我跟姊姊一樣不善整理，一想到就頭痛；還沒開始做事，整個人便疲倦不堪。媽媽擔憂這樣的我，坐在我面前，關心地詢問：「那一件是擔任紅白歌唱大賽評審時穿的衣服吧。既然是植田（逸子）老師做的衣服，妳難道不能穿嗎？那也要送到鹿兒島嗎？和子妳不要太老實，事後才後悔呀。已經收好、送出去的東西，總不能叫人家再還我們。畢竟對方沒有指定要什麼東西，我們可以自己決定。中川一政大師的那幅書畫還是片岡球子的油畫〈富士〉，妳不是喜歡嗎？我不會告訴保雄和迪子的。留一點東西在和子手邊也沒什麼不可以，妳不需要客氣。」

事到臨頭，果然還是媽媽厲害、聰明，一眼就看穿我內心的波動，我只有舉雙手投降。

「媽，我的確是動了貪念。可是如果我現在要了這件又要了那件，漸漸就會都想占爲己有。邦子的東西，就當作我們去鹿兒島的期待吧。以後遇到適合我身材的衣服，我再買下來給自己吧。我很高興媽媽的心意，可是不要不乾不脆，這樣邦子才會高興吧，才像邦子的作風吧。」

再度和姊姊的遺物相會，心中想著姊姊爲什麼連收據、紙片、沾滿手垢的日用品都不捨得丟掉。每一件都是邦子。在一邊和媽媽回憶邦子的過往中完成了整理的工作。

這場意想不到的「出嫁」給了我和媽媽一段寶貴的時間和言語難以形容的感覺，對於今後的人生也有了比較明確的決定。一如閱讀推理小說，漸漸知道凶手是誰一樣吧。

平成十年（一九九八）三月，「鹿兒島近代文學館」正式開幕，其中某個角落永久展示向田邦子的遺物。

「媽媽屋」關門大吉

平成十年三月完成了遺物的「出嫁」，和姊姊一起經營的「媽媽屋」也結束營業。

「媽媽屋」開店二十年。最初的三年又三個月，是我們兩姊妹共同經營。剛開始，姊姊說一旦有什麼問題，她這個「校長兼工友」會扛起所有的責任，於是我也很自然而然地依賴她。沒想到「校長兼工友」的她突然過世，讓我面臨獨自經營的狀況。當初我以爲只要繼續開店滿十年，就算是達到了姊姊的意志。感覺她會誇讚我「做得不錯」，所以我沒有跟任何人商量，私自決定：不管發生什麼狀況，都要堅持經營十年。結果到了第十年，突然生病，必須住院。我打算結束「媽媽屋」，媽媽和二姊迪子也很贊成。

沒想到店裡的工作伙伴卻不答應。他們不希望「媽媽屋」結束營業，而想要自己做；如果無法經營就放棄，就算是一個月兩月都好，他們想試試看。就當作是讓他們學個經驗吧，我嘴裡沒說但決定交給他們經營。出院之後，我不再像從前那樣，而是只花一半的力氣在店裡，一邊調養自己的身體。我也很清楚不需要太花精神去管理店務。一步一步和「媽媽屋」脫離關係，反而落得輕鬆。我深深地感受到，因爲有這些工作伙伴的大力支持和協助，才有了最初的十年。第十年的一場大病帶給我一只大「福袋」，就在我滿心期待袋子裡會出現什麼福分時，又過了另一個十年。

可是我希望從「媽媽屋」解脫的心情卻未曾消散。

環繞在「媽媽屋」周遭的赤坂一帶的空氣，隨著時代的腳步逐漸冷淡，不再令人懷念。曾經，只要來到這裡心情就會很平靜，這裡有手製現烤的煎餅攤、糖果鋪、父子兩代共同經營的豆腐店。店面小到只能容納十人，賣著飯團、豆皮壽司、紅豆湯、烤海苔年糕等小吃的商家。到處都是手工自製的商品，每一家都是全家人合力經營的溫馨小店。一間又一間有著遠離赤坂鬧區的安靜氛圍的小店消失了。

「媽媽屋」是姊姊送給我的禮物。但是再怎麼美好的東西，也不應該眷戀不放。我想尤其是姊姊最不希望我這樣。她希望在從容不迫的情況下，精采漂亮地落幕。儘管會被說成是我的矯情與虛榮，這個決定不會改變。是一種「努力維持這麼久、做得很好」的自我滿足感、放下肩上重擔的解放感和自由……儘管說法不一而足，但我只覺得胸口熾熱，感動莫名。

邦子過世後的第十七年，媽媽九十歲，我也即將六十歲。

平成十年三月底，提供家常小菜的小酒館「媽媽屋」收起了門簾，結束營業。

我所不知道的姊姊

我等了好久，終於不再受時間的束縛了。

感覺好舒服，喜悅之情在胸口翻騰。

想做這個也想做那個，太多想望充塞在心裡，然而一旦時機到來，卻像氣球爆破一樣，歡欣之情在不知不覺間萎縮了。

每天按時準備三餐，一有空就看電視，配合九十歲媽媽的生活型態守候在身邊，就這樣彌補了二十年的空白歲月。這麼說起來，好像顯得我很孝順，其實「媽媽屋」歇業之後，我的個性依然沒變。整天看電視未免太浪費光陰，兩手就是想做事。於是我又開始間隔了三十年沒碰的毛衣編織。一開始先織自己的毛衣，成果還算可以。都是織自己的東西有些說不過去，接著便幫媽媽織毛衣和外套，成品也還普通。媽媽卻說「我穿太可惜了」，竟就收進了衣櫥。不能取悅她老人家，加上我已意興闌珊，而且肩膀也痠疼，最後還是將買來的一大堆毛線給塞進了櫃子。

媽媽和我漸漸覺得喘不過氣來，不知如何相處。我們不懂得保持距離。經營「媽媽屋」的那二十年，媽媽已經習慣那樣的生活步調。突然之間生活規律改變了，我過分擔心媽媽年高九十的年齡，希望她在有生之年生活得更舒適，卻沒想到反而給她太多限制了。於是我決定輕鬆以對，跟以往一樣自在地與她相處。

向田家或許有猝死的遺傳。邦子因爲墜機事件於五十一歲又九個月辭世；哥哥保雄也在平成九年（一九九七）七月，以六十五歲的年齡因動脈瘤破裂而身故；父親敏雄也是心臟衰竭猝死，享年六十四歲。既然媽媽還這樣健康地活著，猝死的遺傳應該來自父親這一方吧。所以我突然告別人世的可能性也絕對不小，就這麼擔心自己隨時也可能不在世上。

人活了一甲子，隨時都可能生重病、罹患老人痴呆症與猝死。我希望自己能在清楚的判斷下將姊姊剩下的照片整理好。「出嫁」到「鹿兒島近代文學館」的照片是姊姊成爲劇作家、小說家聞名於世之後的東西。我的手邊還留著許多她二十幾歲私下拍攝的青春時光剪影。我捨不得丟掉，卻又不能隨隨便便送人。媽媽要我處理這些照片，我甚至考慮過，必要的時候，乾脆拿到姊姊墳前燒掉。抱著破釜沉舟的心情跟出版社商量之後，文藝春秋出版社居然說「都交給我們吧」，而且還提出以姊姊的照片爲主體，配合少數我的文章編成一本書的計畫。姊姊的年輕歲月不會消失，將以具體的形式存留下來。我想都沒想到的事，又再一次發生了。我當場稱謝接受這個提案。

姊姊沒有讓我看過她年輕時的照片。我也不記得曾經看過。我是在她成名之後偶爾在報章雜誌上看到她的照片而已。她過世後，我應出版社、電視台的要求，爲了找適合的照片才從中挑選。每次都是選用固定的幾張照片，對於拍照當時的狀況與背景則一點都不了解。

沒想到居然能編輯出一本《向田邦子的青春》，跟姊姊年輕時的剪影面對面。

很難得有機會能像這樣仔細觀察姊姊的容顏。

肉頭鼻端正地貼在臉上。嘴巴太大。眼睛明亮有神。臉型很小，所以很上相。

拍照的時候，任何人都會裝模作樣，擺出一本正經的表情。但是姊姊不太一樣，照片中的姊姊是我所不知道的姊姊。

親手編織的黑色毛衣、格子花樣的百褶裙、格子襯衫……照片上的每一件衣服都很眼熟，人也是熟悉的姊姊，可是照片中姊姊的表情跟我平常所見的有著微妙的不同。

姊姊的目光凝視著遠方。仔細一看，又像是對著照相機投射親切的眼神和熱情的表情。青春二十的光輝閃耀，惹人憐愛。另一方面，又給人憂愁晦暗的感覺。同時也能感受到拍照的人的視線……

這是怎麼一回事呢？

十幾年前的疑問突然又襲上心頭。

翻閱一張又一張的照片時，不在照片上的父母和家人影像在我的腦海裡自然浮現。當時的我不知道，也不想知道，原來姊姊和她身邊發生了許多的事情。

姊姊那張最年輕的照片是二十一歲的時候拍攝的，身爲老么的我十二歲。姊姊在我心中的分量，比實際的年齡差距要大很多。仔細觀察這些遺照，似乎也看見了遠方沒有被拍攝進去的景色。或許是因爲我的年歲超越了姊姊活著時的年紀，才能看見這些景色吧。

與N先生的認識

姊姊二十一歲時，也就是昭和二十五年（一九五〇）。那年的三月，姊姊從實踐女子專科學校（現在的實踐女子大學）畢業了。

父親敏雄一開始並沒打算讓女兒上大學。姊姊極力要求「至少讓我考考看吧」，她的堅決氣勢也讓媽媽幫她跟爸爸求情。當時我們家在目黑的祐天寺一帶，位於澀谷的實踐女子專科學校離家很近。而且媽媽還以為實踐是培育賢妻良母的學校。邦子順利考上了，聽說還跪著請求爸爸說「將來想當老師」這才獲准就讀。但是不到三個月，父親便調職到仙台，於是邦子和大哥保雄只好寄住在麻布市兵衛町的外祖父母家。姊姊畢業後，跟媽媽要求想直接插考其他大學，但是這一次媽媽沒有答應。

工作是姊姊自己找的。父親那一年調回東京總公司上班，我們全家人在相隔三年之後終於一家六口同住在杉並區久我山的員工宿舍裡。

姊姊任職的公司是位於四谷的財政文化社，專門製作教育電影。員工十個人左右，邦子擔任總經理祕書。說是祕書只是好聽，其實得要會打算盤，還要幫忙泡茶，做些雜事。我沒有仔細問過這家公司的主要業務是什麼，但好像員工都很特別，日後有人成爲攝影師、畫家，也有人成爲知名的翻譯家。他們帶給剛從學校畢業的姊姊很大的衝擊。姊姊受了刺激，好像被啓蒙了一樣。她開始補習英文。「我開始在探索『自己想做什麼』、『自己適合什麼』。」（〈找尋適合的手套〉收錄於《午夜的薔薇》）。姊姊的眼神因爲找尋有趣的事物而發亮，根本沒有時間發呆，連睡覺都覺得可惜。當時她身上飄散著這樣的氣氛。

好像姊姊就是在這個時期認識了幫她拍無數照片的攝影師。

財政文化社像個大家庭。有一次公司在新宿御苑舉辦宴會，姊姊還帶我一起參加。年方十歲的我並不怕生，一下子便融入宴會的氣氛。姊姊爲我介紹公司同事：跟姊姊意氣投合的學姊清水小姐、畫家先生……感覺那個攝影師也在其中，我卻完全沒有印象。

媽媽開始忙著安排姊姊的相親對象，也是在這個時期。對姊姊而言，她應該沒有什麼不安心的事。什麼事情她都做得很好，也很認眞工作；媽媽一有困難就找她商量，頗爲倚重她。姊姊也習以爲常，凡事幫媽媽處理妥當。然而儘管媽媽自以爲姊姊畢業於培育賢妻良母的女校，女兒卻開始背道而馳，跟自己期待的形象漸行漸遠。媽媽十分擔心這個現象，於是勤於到過去居住的祐天寺一帶拜訪，尋找合適的相親對象。姊姊也無法漠視媽媽的熱忱，答應相過幾次親。可是符合姊姊意中人的對象始終沒有出現。而媽媽還是不死心地繼續安排相親。

「下一次一定會成功的。」

我還記得媽媽一如擔心自己的婚事一樣，期待姊姊答應的模樣。在我童稚的心裡早已刻下爲人母親心情焦慮的印象。

媽媽當時是否已經猜疑姊姊有男朋友?是否曾經直接詢問姊姊關於男朋友的事?還是聽到了什麼?

沒有人告訴我，我是之後才知道的。聽說姊姊交往的攝影師 N 先生比邦子大十三歲，而且已經有家室。

在我的印象中有一個難忘的景象。

久我山的員工宿舍，庭院寬闊。一個春日的星期天下午，棚架上的紫藤花開了。父親大聲叫喚我們，於是我和二姊迪子來到庭院。父親是個不甘寂寞的人，凡事不喜歡一個人，一定要呼朋引伴。父親又開始賣弄他的園藝造詣，我跟平常一樣點頭稱是，其實根本沒注意聽。就在這時，姊姊和一個男人一起出現在門口。她看見父親和妹妹們，便隔著庭院的木門跟我們點頭打招呼。我站在父親的背後看著他倆。那個人的身高和姊姊差不多，矮矮胖胖的，看起來很和善。姊姊和他走進了玄關。他和媽媽站著聊天，但沒跟父親說話。他用目光向父親致意，姊姊跟父親說了一會兒話，兩人便出門了。這只是兩、三分鐘裡的事情，感覺是順道來家裡打個招呼。就我所知，那位N先生來家裡拜訪，這是唯一的一次。記憶中，從來沒聽過父母提起有關N先生的話題，邦子本人在茶餘飯後也未曾提起N先生的名字。

姊姊的相親，不知是否因爲只靠媽媽一個人的關係而沒什麼對象？還是因爲媽媽的熱頭已過，突然便不再聽人提起了。現在回想起來，當時向田家發生了其他事情，根本無暇顧及姊姊的相親。

父親的外遇

邦子二十四、五歲的時候，是我們家情況最惡劣的時期。

我當時還是國中生，並不是很清楚實際的狀況，唯一記得很清楚的是，家裡的氣氛令人難以忍受。我不願意跟父母一起坐在客廳裡。我不知道是否可以用「外遇」這樣的說法來形容，總之父親開始在外面「偷吃」，這對母親阿勢而言是難以想像的重大事件，她甚至眞的認爲「父親要離家出走」，每天的精神狀況都不太穩定。

久我山的員工宿舍對父親來說，已經不是讓他放鬆心情的住處了。或許是因爲父親出身和生活方式的關係吧。他是私生子，在不受歡迎的情況下來到人世，無法接受完整的教育，周遭的人始終對他擺臉色，他就在這樣的情況下長大成人。四十五年來，他必須比一般人加倍、甚至好幾倍的努力，忍受不能失敗的煎熬，一直奮鬥至今。也許是發生了什麼不尋常的事，才讓他緥緊的神經突然鬆懈了。

父親雖然令人害怕，難以相處，又很嘮叨，但是並非整天都在發脾氣罵人。他如果要打雷，肯定是有理由的。可是，當時他或許是對家人不耐煩，動不動就挑剔、責怪。他本來就容易生氣，不過那一陣子的怒氣卻跟過去有些不太一樣。媽媽對於父親的轉變感到困惑、不安、鬱鬱寡歡，臉上開始失去了笑容。

對母親而言，丈夫和孩子就是她生活的全部。她是活在女性忘記自身的存在也理所當然的時代。然而不只是丈夫出了問題，連她的孩子們也開始踏入歧途，一家人逐漸分崩離析。

邦子固然十分了解媽媽的期待，卻無法如她的意。邦子在報紙上看到出版社的徵人啓事，她去應徵，錄取了，於是從財政文化社轉職到雄雞社旗下的《電影故事》當編輯。她在追求自己所要的「什麼」，下班回到家總是很晚了。

「編那種電影雜誌，哪裡需要每天這麼晚回家？邦子這傢伙到底在搞什麼！」父親轉而質問媽媽。姊姊的確很少回家吃晚餐，偶爾早些回來，我反而會擔心地問她：「姊姊，怎麼了？是不是身體不舒服？」

比邦子小兩歲的大哥保雄，大學已經重考兩年了。當初父親職務異動，全家搬到仙台時，他和姊姊一起受外祖父家的照顧，因爲脫離父母囉唆的管教，可以自由地伸展羽翼。他自以爲繪畫方面還可以，有心想朝這方面發展，卻遭到父親強烈反對，於是開始自暴自棄。高中畢業後，不顧實力報考前面志願的學校，結果全部落榜了。父親硬要讓兒子獲得自己沒能接受的高等教育，偏偏恨鐵不成鋼，不禁氣急了，死心罵道：「那種傢伙不必讓他上大學，管他去死！」但是媽媽還是很堅持，無論如何都要讓兒子上大學，絲毫都不退讓。她一心一意認爲只要大學畢業就能找到好工作。因此不顧家裡的經濟狀況，居然找來兩個大學生當家教。哥哥重考兩年後終於考上青山學院大學，不知該說是媽媽的辛苦值得還是哥哥的運氣不錯！還記得哥哥考上時，我只覺像發生了什麼不可思議的事呢！

二姊迪子是實踐女子學園的高中生，乖巧聽話，一有時間就去打工。至於老么的我，和哥哥一樣不會讀書，最喜歡跟貓狗玩耍、蒔花弄草，完全像個笨小孩。

那個時候，只要父母面對面坐在客廳，氣氛馬上就變得冰冷。連家裡養的貓小祿也懂得察言觀色，迅速離去。邦子和保雄不到很晚是不會回家的，迪子也因爲打工經常不在，只有國中生的我在家。我很想離家出走，甚至認眞考慮過畢業後找個供吃住的工作便一走了之。我從來沒有像這個時期希望自己快點長大，這麼羨慕哥哥姊姊們。

媽媽就算面臨了家庭危機，也不會跟娘家或自己的兄弟姊妹訴苦、商量。她唯一的依靠是長女邦子，只有邦子最了解媽媽的心情。於是邦子成了幕後支持家人、解決家庭危機的救星。

說起姊姊當時爲家裡所做的、爲家裡盡力操心的事，實在不一而足。

哥哥的家教是姊姊找來的。

因爲哥哥的聯考而吃盡苦頭的媽媽，考慮到我不會讀書，希望讓我就讀不必擔心聯考便能直接升學的私立學校——就是邦子畢業的實踐女中附屬中學。姊姊只好帶著根本考不上的我去跟她的恩師打招呼，那是個寒冷的雨夜。

父親總是將薪水袋原封不動交給媽媽。可是家裡有一個重考生和兩個讀私立學校的女兒，就算媽媽再怎麼縮衣節食，家用還是很困難。邦子領了薪水都會主動拿出來，而且還說是外快，偷偷交給媽媽。

八十五歲之後，媽媽開始說起過去的點點滴滴。

「我不想讓邦子擔心錢的事，所以什麼都沒跟她說。但是她拿出存摺跟我說道：『我很會找工資不錯的外快，而且還存了錢。』她就是這麼貼心……」

記憶中，姊姊從來沒有跟父親回嘴或表現出反抗的態度。再怎麼不合理的事情，她都會順從父親，支持一家之主的父親。然而她之所以這麼做，是擔心一旦出了狀況，恐怕會波及媽媽的關係吧。姊姊不管多晚回家，或熬夜工作，除非生病，否則她一定會出現在早餐桌上，然後和媽媽兩人目送父親出門上班。她似乎認為這是女兒該做的事，一直到昭和三十九年（一九六四）十月離開家為止，這項日課持續不斷。

為了緩和家中緊張的氣氛，姊姊也有她慧心的演出。姊姊跟翻譯家清水俊二先生要來了貓咪小祿。一向討厭、害怕貓狗的父親，卻抗拒不了小祿的可愛。父親在家的時候，牠跟在一家之主的父親身邊。送往迎來時總是撒嬌地在父親腳邊磨蹭。父親一開始還有些畏懼，之後也很自然地輕撫小祿的額頭。

姊姊任職《電影故事》雜誌的編輯後突然變得很忙，在家裡的時間頓時減少。然而她還是會忙裡偷閒，幫我縫製制服和短大衣。只要有人拜託，即使是外人的衣物，姊姊也不以為苦地裁縫。她自己穿的洋裝也是自己做的。她都是利用深夜的時間，常常熬夜到天亮。她還熱中於裁製帽子；勤於上裁縫課的那段時間，常常喜歡戴帽子出門，有時也洋洋自得地要我戴上她的成品當作活廣告。朋友見了喜歡便請她縫製，她固然很樂意，但縫製帽子頂多只是興趣，終究沒有成為她的事業。

姊姊也曾迷上滑雪。到了滑雪旺季，幾乎每星期都是週六、週日住兩晚，星期一早上才回家。她雖然也很在意父親的臉色，卻還是拉著妹妹們同行。費用都是姊姊負擔的。

「我很會找工資不錯的外快」或許成了最方便的藉口也說不定！

不久邦子有了寫作的機會，成為廣播劇作家。她積極地追求「什麼」，學習裁縫、做帽子，轉職當電影雜誌的編輯，最後她所追求的「什麼」出現了。

「邦子常常說：想睡的時候能睡是最幸福的了。」

這是媽媽回憶當時必說的一句話。邦子爲了追求「什麼」，連睡眠時間都可以犧牲。

「她趁著大家都入睡、安靜的深夜裡，一個人躲在玄關前一坪半大那個沒有熱氣的地方開始寫作。」

媽媽也知道這情形。常常假裝去上廁所，屏住呼吸、小心不發出腳步聲地偷看姊姊寫稿的樣子。

我睡在一坪半大的隔壁房間，姊姊則挑選了沒有窗戶、燈光不會外洩的房間。深夜裡，我聽到鋼筆摩擦稿紙發出規律的聲響。已經天亮了嗎？姊姊還在寫嗎？我不想打斷她，可是又很想上廁所……迷迷糊糊之際，我又睡著了。

「姊姊，妳還在寫嗎？」我好幾次出聲問她。這時姊姊總是會對我說：「這個寫完就好了。我馬上就去睡了，妳睡吧。」

陽光從窗簾穿透進來時，一坪半大的工作室已經收拾乾淨，不留任何痕跡，又恢復成連接玄關的冰冷空間。

媽媽直率的想法

上國中的時候，我逐漸感受不到媽媽的關注，反而覺得在家時間很少的姊姊總是關心、守護我。在出現裂痕的這個家裡，我總是被忽略。於是姊姊常常約我出去看電影或是帶我出去玩，到外面透氣。

姊姊工作到深夜才回家，只要我還沒睡，她一定跟我聊一聊。有時幫我做功課，做出正確的範本；只是我必須常常自我約束——如果拿姊姊做的交出去，肯定馬上露出馬腳！

我因爲蓄膿症開刀住院，每天來探望我的也是工作最忙的姊姊。她總是不忘說笑話、買禮物送我。

國中畢業典禮前一週，我的嘴唇長了疔瘡，整天躺在床上。那是還沒有冷敷凝膠的時代，必須將敲碎的冰塊敷在瘡口，每隔幾個小時就要換一次冰袋。深夜回到家的姊姊幫我換冰袋，儘管媽媽說「我來吧」，姊姊還是堅持：「我不睡也沒關係，媽去休息吧，明天白天還要麻煩妳呢。」結果姊姊一連三天熬夜沒睡。

二姊迪子實踐女子學園高中畢業後，雖然考上實踐女子短期大學服飾科，但是讀了半年便休學。大概是在意學費的關係，所以轉到裁縫學校的夜間部半工半讀。由於二姊的工作環境不是很好，她想憑優異的高中成績轉職，便開始尋找能夠接受上夜校的公司。不知什麼緣故，迪子到父親任職的壽險公司報考。我記得考試項目包括珠算，我還被迫幫忙她練習。迪子個性好勝，學校成績一向很好，大概也是不想讓父親丟臉吧，聽說以高分通過錄取考試。父親肯定覺得很有面子。可是跟自己的監護人在同一幢大樓上班，不知道是什麼滋味？難道是因爲找工作太辛苦，連這種事也顧不了了嗎？還是說安排迪子和父親在一起工作是媽媽和邦子的計畫呢？究竟事實如何，我也沒問。事到如今只能憑自己想像了。

和父親同一個職場，迪子肯定很難做事，十分傷腦筋吧。我常常跟在迪子身邊，兩人像朋友玩在一起，卻不認識她公司裡的任何人，所以不是很清楚這方面的情況。

公司和裁縫學校就是迪子生活的全部。首先跟媽媽提起迪子親事的人就是姊姊邦子。

「我的工作開始順手了，還想繼續上班。結婚的事，請不必拘泥一定要由上而下，不必擔心我的想法。」媽媽說邦子當時是這樣再三說服她的。

我曾聽九十歲的媽媽回憶說：

「我沒有想到自己會活這麼久。現在說出來也無所謂了。邦子身爲我的女兒，但我覺得她其實是超越了女兒的身分。」

媽媽的言詞中充滿了對姊姊深深的感謝。這是經過長期的歲月沉澱，媽媽心中的直率想法……

「有時覺得她那麼晚回來，一定很累了，但是媽媽有些事還是不得不跟她說。心中覺得很不忍，邦子的臉上卻沒有不高興，她一定會好好地聽我把話說完。而且她都會顧慮我，知道我有口難言的苦衷，安慰我：『這樣的話，我來處理。一切交給我吧，媽，妳放心吧。媽只要安心等著就好了。』然後會把事情做得像是媽媽處理的一樣，顧全媽媽的面子。邦子曾經跟我說：『人從呱呱墜地起便背負著苦難，差別只在於有沒有說出口，家家都有本難念的經。該如何度過，就要靠智慧了。最好不要太在意，經過一些時間，再回頭看會覺得是笑話一樁。』

旅行的照片

我不時翻看姊姊二十幾歲時的照片。

其中的一張照片讓我有些錯愕。那是在旅館裡，姊姊坐在窗邊的藤椅上，前面有張小茶几，桌上有兩個茶杯，一個小碟子上並列著兩根叉子。之前看完許多照片之後，心中會浮現幾許小小的疑問。或許那些只是我個人的想法，感覺有些納悶，但是這張照片卻在我心中劃下深深的裂痕。

這是怎麼回事？原來是這樣呀！

那是姊姊和攝影師兩個人的旅行。這張照片靜靜地訴說出兩人的交誼。

猶如一道光線照亮了黑暗，事實一點一點地浮現。

我沒有聽誰提起過 N 先生的事。因爲對他不感興趣，在我的眼中根本沒有他的存在，只覺得是跟我毫不相干的人。可是當心中產生裂痕的那一瞬間，媽媽說過的話、國中時期的家庭環境、許多的小疑問都集中到這一個焦點上。

說時遲那時快，不爭氣的眼淚已經溢滿了眼眶。

「姊姊，原來妳那麼喜歡那個人。可是就算有任何障礙，要花上好幾年，妳也可以跟他私奔呀！姊姊不是一向很熱情嗎？為什麼沒有踏出這一步呢？為什麼不離家出走呢……」

突然間我發覺我想通了，姊姊是拋不下家人：父親敏雄、媽媽阿勢、弟弟保雄、妹妹迪子與和子呀。她捨不得我們，一定是因為這個理由。因為這才像是姊姊的做事風格……現在我能夠像今天這樣，都是因為有姊姊的關係。這個想法加上歲月的重量壓得我昏昏沉沉，幾乎快被壓垮了。

我太清楚姊姊自認為她在向田家扮演什麼樣的角色。她是超越了女兒、長女的身分在支撐這個家呀。她並非認為只有自己才有這個能力而逞強，而是認爲這是應該的而甘心承受吧？

我還是國中生的時候，向田家開始出現裂痕，一家人逐漸分崩離析。父親和媽媽已然貌合神離。

姊姊愈是知道媽媽的煩惱和痛苦，就愈將自己的戀愛往心裡藏，形成了不爲人知的「祕密」。

N先生已經有家室。雖然我聽說兩人已經分居，但姊姊帶給對方妻子的煩惱和痛苦，一如自己的媽媽所承受的一樣。不管有什麼理由，這都是罪過。想來姊姊的內心應該很複雜，千迴百轉、糾纏不已吧。沒有人知道她的心事。

她應該沒有找人指點迷津，姊姊不喜歡被指揮。她一旦決定怎麼做，便不會告訴任何人而付諸行動。凡是她下定決心的事，其意志絕不動搖。

關於攝影師N先生的事，我只好請教二姊迪子。她和邦子只差六歲，第六感一向很敏銳。我跟她說明自己的想法，她竟然說：「妳在說什麼？都怪妳自己平常太迷糊了！

「兩人交往的時間很長，但好像邦子主動跟對方分手一段時間，妳還記得姊姊有一次約妳和我去滑雪的事嗎？我們在澀谷搭夜車去草津。當時不知爲什麼那個人也來到澀谷。姊姊的態度異常冷淡。當時那個人的眼神應該說是追著姊姊看呢？還是說顯得很哀怨？妳沒有注意到嗎……我想他們的確分開過一次，究竟分開多久，我也不知道。但是由於對方的生活步調亂了、沉溺於喝酒，聽說他母親不忍心看他這樣，還來找過邦子。姊姊不是一向都很受長輩喜歡嗎？對方是來跟姊姊商量的。雖然聽起來有點奇怪，但是姊姊就是這樣子。加上又聽說他的身體不好，姊姊也很在意對方母親的請託。之後過了不久，那個人就過世了……」

「姊姊明明很喜歡對方，爲什麼沒有離家出走呢？我以爲她是爲了家人才沒有那麼做。我有沒有說錯呢？迪子，妳的看法呢？」

「我也認爲是這樣子沒錯。我想媽媽並不知道有 N 先生這個人。可以想見要是被父母知道了一定不被諒解，家裡會鬧得天翻地覆，所以邦子什麼都沒說……只是她受到 N 先生莫大的影響，而且是個好伴侶，應該是無話不說的對象吧。」

因爲不能在媽媽面前談起，這些話我們是站在走出赤坂公寓的路旁說的。

寒冷的夜晚。迪子的一番話讓我放下心中的大石，整個身體開始溫熱起來。

打開牛皮紙袋

我想要將藏有姊姊「祕密」的牛皮紙袋打開。

「可以打開了。」

我覺得姊姊應該會允許我這麼做。

姊姊已經過世將近二十年。這期間我不知動過幾次念頭，但終究沒有接受事實的心情、自信與心理準備。

一坐在牛皮紙袋前，我的心情便因擅自打開牛皮紙袋而沉重不已。

牛皮紙袋裡有姊姊寫給N先生的五封信、N先生寫給姊姊的三封信、N先生的日記（大學筆記簿一本）、N先生的兩本記事簿。

我開始反覆讀姊姊寫給N先生的信。

姊姊毫不掩飾地表現自己。時而撒嬌、時而顯得任性、時而抱怨；同時也展現出她無微不至的細心與幽默。

姊姊打從心底信賴這個男人，什麼話都對他說。姊姊遇到了人生的伴侶。他們在那段期間是一起活著的。

這些信寫於昭和三十八年，向田邦子三十三、四歲的時候。

當時那個愛漂亮的姊姊不見了，跟二十幾歲時照片中的她很不一樣。她總是趿著塑膠拖鞋，身上只有兩、三件洋裝替換。我卻沒有問她為什麼、發生什麼事了。

那是姊姊成為專職廣播劇作家後的第二年。她經常為了廣播、電視節目的催稿跑到飯店閉關。忙裡偷閒地與N先生見面。一如N先生在日記所提到的，姊姊總是「睡眠不足」、「果然很疲倦的樣子」、「有些累壞了」、「大概是連日來的熬夜，顯得很憔悴」。

邦子趴在暖爐桌上，顯得很滿足的樣子。我不禁覺得她很可憐。

——N先生的日記，昭和三十九年二月九日

N先生以溫柔的眼神，表現出對姊姊的關愛。

那年的前一年昭和三十七年二月，父親蓋了屬於自己的房子，我們家從久我山搬到杉並區本天沼。

姊姊出錢將預定興建的平房擴建成兩層的樓房，加蓋了兩個房間和廚房。原來的平房要容納父母、邦子、保雄和我五個人顯然太擠了。其實邦子也可以搬出去自己住，但她選擇留在天沼的家。這是父親退休後、剛開始事業的第二春沒多久的事。姊姊的想法是：萬一父親沒有工作，少了收入來源，就可以將二樓的房間出租。此時自己若先住下來，這個主意就不會那麼明顯了，也能以備將來之需。

「邦子偶然說過的一句話深深留在我心裡。」媽媽回憶起當時，對我這麼說道：「她說：『努力工作了三十年，卻只得到蓋一間房子的退休金，實在悲哀呀。』我想她是想到父親辭了工作可能心裡會不好受，又擔心給子女帶來困擾等這些最壞的狀況，所以才要蓋二樓的吧。她沒有詳細說明原因，只是低頭拜託我說：『媽，我想這麼做，請妳一定要幫我。』這一點她比父母看得都遠。妳父親也很清楚她的心意，所以當他默默接受邦子的好意時，媽媽眞的很高興。邦子一旦說出了口就一定做到。那個人就是喜歡讓別人快樂。妳父親找到新的工作，一切從頭開始，既是想要開創事業的第二春，其實也是想回饋邦子的好意。這麼看來，邦子和妳父親相似的地方很多。彼此嘴裡不說，實際上都很了解對方。」

我沒有姊姊輕鬆悠閒地待在天沼的家的印象。

早上我們會碰面。但是依照我們家的習慣，姊姊雖然早起，卻總是忙著張羅，沒有時間好好說話。

爲了父親的健康，姊姊動作俐落地洗紅蘿蔔、西洋芹、蘋果、青椒等，放進果汁機裡榨果菜汁。每天早晨，她不是爲了自己的早餐而站著做事。

早上八點過後，送走了家人，只剩下她和媽媽在家。於是姊姊回房補眠，媽媽的工作就是在姊姊指定的時間叫醒她。「媽，謝謝！我起來了。」姊姊的回答讓媽媽放心離去，不料邦子又睡著了，最後竟驚慌地大叫：「媽，妳忘了叫我！糟糕，我睡過頭了。」

「有時我幫她泡茶，她會讚美道：『怎麼同樣的茶葉，媽媽泡的茶就是味道不同呢！眞好喝。』還高興地說：『喝了整個身體都來勁，眼睛馬上就張開了。』她老窩在房裡工作，有時爲了換個氣氛，偶爾會下來問：『媽，要不要一起吃？』好幾次她外叫蕎麥麵請我跟她一起吃呢。」

姊姊下午三、四點鐘出門，回到家都是晚上十一點過後，難得在家吃晚飯。她偶爾八點左右回到家，家人還會擔心是不是發生什麼事了。

附近鄰居似乎都納悶著她從事什麼工作——又不是長得特別漂亮，也不太化妝、穿著也不是很豔麗，應該不是特種行業才對。她究竟從事什麼工作？彼此又沒有熟到可以直接問她本人。

偶爾會在收音機裡聽見「向田邦子」的名字，於是好像有人來問媽媽：「該不會是府上的千金吧？」我們搬到天沼將近兩年了，姊姊卻像個謎樣的人。

雖然同在一個屋簷下生活，那段時期我們交談的機會卻不多。各自過自己的規律生活，雖然家人只有在早餐時碰面，卻又顯得很自然。每一個人各過各的生活，只要不是什麼大問題，就不會說出來，也不會找人商量。這就是我們一家人的關係。

姊姊於昭和三十五年（一九六〇）年底辭去雄雞社的工作。專職寫作可以爲生嗎？結婚呢？工作呢？其實父母已經沒有必要擔心這一類問題了。只要「那個人」不生病就沒問題。只要安心在一旁守候，什麼都不用說。想做什麼就去做吧。

這就是三十幾年來讓姊姊這麼做的「什麼」。

那時候姊姊常常帶我到新宿買東西。最後總是要我帶禮物回去送媽媽，然後就在新宿跟我分手。她說：「接著我要去工作了。」我什麼都沒問，也從不懷疑。或許就算是姊妹，也有不該介入的分寸，但是我也並非因爲這樣才沒有多問。

如今我還清楚地記得當時姊姊離去的身影，身體有些前傾、腳步顯得急促。

打開牛皮紙袋，我才知道，三十三、四歲的邦子身上發生了許多事。她活在我所不知道的世界裡。姊姊身處其中，絕不逃避。她接受現狀。爲了讓周遭的人幸福，她一心一意尋找自己能做些什麼。

邦子不曾跟父母說心中的苦悶或抱怨。那個能夠讓她傾訴自己的內心世界、想做的事、工作上遇到難以判斷的問題可以求教商量的眞誠對象、能夠給她深厚的關懷與愛、教育她的恐怕就是 N 先生吧！

姊姊卻不告訴我們這個人的存在與名字，只留下一些斷簡殘篇，一副若無其事的樣子，著實令人生氣呀！姊姊心裡一定是這麼想的：「和子這傢伙會發現嗎？大概得等到她成熟一點，才會懂得人心的奧妙吧。我希望她能夠明白。」

由於曾和姊姊共同經營「媽媽屋」、共享彼此的時間與世界，而且在姊姊過世後和姊姊繼續「對話」，所以現在才能有這層體悟。

此外還有姊姊的病。在她爲乳癌和後遺症所苦時，姊姊沒有告訴任何人，她不想讓別人看見自己痛苦的樣子。可見姊姊是那樣嚴以律己地與內在的自己戰鬥。她不讓外人看到自己的煩惱與痛苦，藉此轉換出生存的力量。我想這就是向田邦子的生活方式，就是姊姊的人生基本態度吧。

兩人的死

父親突然過世了。

那是發生在昭和四十四年（一九六九）二月，邦子三十九歲那年。因爲太過突然，我反而對父親能夠走得這麼沒有痛苦而驚訝，一時之間沒有痛哭流涕。姊姊看不下家人的失魂落魄，一個人果斷地著手喪葬事宜。由於當時姊姊已經搬出家裡了，所以盡量表現得低調，對外都交給媽媽和弟弟保雄出面。凡事退居幕後，絕不刻意安排來自職場交情的盛大獻花以突顯自己。

記不得是守靈夜還是告別式當天，姊姊端坐在客廳裡父親一向坐的位置前面，深深地低著頭。或許感覺有人靠近，姊姊立即回復原來的樣子。我不禁倒抽了一口氣，當時姊姊的樣子，我幾乎難以忘懷。我可以感受到父親和姊姊之間強烈的感情羈絆，那一夜姊姊的身影深深烙印在我心裡。

和父親過世時姊姊所流露的模樣一樣令我難忘的還有一個情景。

那是怎麼回事呢？究竟發生什麼事了？姊姊的樣子令我印象深刻。那是在冬天的午夜，我突然醒來，恍恍惚惚地心想去上個廁所吧，於是經過隔壁姊姊的房間。微微拉開的房間紙門露出一道細縫，可以看見微亮的燈光。

腦筋迷糊的我平常會跟姊姊打聲招呼，但是那一晚既沒有聽見翻書的聲音，也不像是在工作。午夜裡一片寂靜。寧靜的氛圍、微暗的光線，我只覺得不可思議與莫名其妙。從關得不夠緊密的紙門縫隙飄散出詭異的氣息。我幾乎是下意識的動作，偷窺了一下隔壁房間的動靜。

姊姊整個人坐在衣櫥前面，雙手伸進半開的抽屜中，一副失魂落魄的樣子。一時之間我覺得好像看了不該看的東西一樣，根本無法出聲問：「怎麼了？」要問「怎麼了」，也要是對方稍微有一點心理準備或心情上可以的時候。不知道姊姊發生了什麼嚴重的事情？我從來沒有看過她如此憔悴。我受到很大的衝擊，幾乎嚇壞了，只能躡手躡腳地不敢大聲喘氣，偷偷躲回被窩裡。那是一個寒冷而漫長的冬夜。

我會從那一夜姊姊的神情聯想到N先生的死，是因爲父親過世時我不小心撞見姊姊傷心的樣子。將這兩個景象聯想在一起，不禁猜想那個寒冷而漫長的冬夜應該是發生了什麼事，而且愈發相信自己的「猜想」是正確的。

N先生的辭世也是很突然的。

N先生過世的前兩年，因爲腦中風而病倒，雙腳不良於行，無法工作。

我知道這件事是在姊姊過世二十年後的平成十三年（二〇〇一）夏天，也就是在我決定負起責任將姊姊的「祕密」公諸於世之後。NHK的衛星電視台製播了姊姊過世二十周年的特別報導，根據節目製作的工作人員調查的結果發現：N先生是自殺身亡。

姊姊在N先生去世那年的十月離開父母，自己一個人居住在港區霞町（現在的港區西麻布三丁目）的公寓。

姊姊開始了新的人生。我想她不是想拋棄什麼，也不是想忘卻什麼，而是「畢業」了。沒有人告訴她要這麼做，是她自己的意思，而且一旦決定便付諸行動。幫父母加蓋房子，也是爲了以防萬一。父母接受姊姊的好意等於是贊同了姊姊的獨立。

姊姊離家出走的原因是和父親吵了一架。

因為一些小事和父親爭吵，結果卻變成了：

「妳給我滾出去！」「出去就出去。」

老實說，我似乎也有著正在等這機會的心情。換是平常，我早就低聲下氣道歉了，但是這個晚上我沒有屈服。隔天找了一整天的房子，然後帶著一隻貓搬出家裡。那天剛好是東京奧運開幕的第一天，我站在明治路的巷子裡眺望開幕典禮。

（〈鄰家的味道〉收錄於《父親的道歉信》）

其實這次的吵架是父親設計的。

據說父親曾經對媽媽表示：「我在想，邦子跟父母住在一起，凡事得小心翼翼，也不方便工作吧？可是她自己又不好開口。」大吵一架，的確是父親的作法，著實令人高興。其實姊姊也發現了父親的用心，故意裝作不知情，將計就計離家出走了。

有沒有人心中是沒有祕密的呢？

懷抱著不可告人或不欲人知的祕密生活。有的人的祕密讓生活變得明朗，成為生命的激勵。有的人可以讓祕密變成生存的動力，直到今天我才知道向田邦子就是這樣的人。

N先生和她祕密與共，是她人生的最佳良伴。兩人彼此信賴，相偎相依，共同走過一段時期。而且自從他病倒後，相信兩人之間的羈絆與信賴更加堅定、深厚。

在和N先生一起的時光裡，姊姊應該獲得許多生命的糧食吧！姊姊是否從N先生給予她的莫大影響、毫不吝惜的指正、以及言語無法表達的關愛中發現了生命糧食的本質。我想姊姊「創作」的來源就在其中。他是讓姊姊找到「創作」、成功培育姊姊的貴人。我想這就是N先生存在的意義。

十五年來，姊姊一直保存著這個牛皮紙袋，爲什麼沒丟掉呢？難道只是單純地將牛皮紙袋收在屋裡嗎？或是打算丟掉卻不小心忘了？答案沒有人知道，將是永遠的謎。

姊姊眞的什麼都沒說，連一點蛛絲馬跡也沒有。她設計了一個完整的「祕密」，將答案封存了。

邦子是專情的，從未因別人而動心，這就是向田邦子。

權充結語

一把花生米

「姊姊，妳對於出生在向田家有什麼想法？」

我一直放在心裡的疑問終於說出口。

那是我高中的時候。

眼中老是看見父親的缺點，父親的所作所爲都令我感到厭惡——討厭得不得了，心裡覺得很煩。於是不禁開始思考：媽媽爲什麼跟這種人結婚呢？不滿的心思如漩渦般愈來愈大，如今已快要爆炸了。

當時姊姊是《電影故事》的編輯，也還在尋找合適的「手套」（＊）。她深呼吸一口氣，認眞地回答：「我覺得很好呀。」

她說話的方式比平常慢許多，卻又不帶一絲說教的意味。

「是嗎……」

（眞是這樣嗎……）

我話還沒說完便吞了回去。

姊姊接著說：

「在喜悅的情況下出生、在父母的關愛下成長、像一般人一樣生活，我覺得很感激。父親從貧困走到我們認爲稀鬆平常的現在的地位，不知經過了多少的辛苦。他是不服輸的勤奮家，也許有些怪毛病，但他是靠自己的力量爬到現在的位置。我覺得父親很了不起。和子如果也出社會，就會明白這一點。必須把父親當成一個個人來看待，這麼一來才會客觀，才能冷靜面對。或許將這個想法放在心裡也不錯。」

我感覺身上好像有一股電流竄過。

這是我有生以來第一次聽到姊姊談論父親和對家人的看法。之前我從沒認眞開口問，姊姊也不曾說過。今日我才發現姊姊的看法和我有一百八十度的不同。

「我們家坑坑疤疤的，『冷風』常常穿過縫隙吹進來，有一堆問題。所以常常要花腦筋想想、彼此安慰。在這裡，我們學會發覺、理解人們的傷痛。如果什麼事都沒有，也許就在不知不覺間結束了。這麼想的話，就不會覺得太討厭了吧。任何事情都會因爲正面的想法、心情而有加分的效果。因爲能加分所以才好玩、才有趣。出生在這個家，我覺得運氣很好，必須善加活用才行……」

從小我就覺得姊姊「有什麼地方不一樣」，只是不知道究竟哪裡不一樣。當時我只是囫圇吞棗地聽了姊姊的話。經過一段時間之後，姊姊的話成了「神旨」。直到我出了社會，對父親的感覺和家人的看法才逐漸轉變，才逐漸理解姊姊話裡的意思。

姊姊的話讓我有一百八十度的改變，重新出發，像這樣的例子不止這個。

短期大學畢業後，我沒有寫任何履歷表，在姊姊的幫忙下找到了工作；可是我對這份工作有諸多抱怨。經過三個月後，姊姊對我說：「和子，如果那麼不喜歡，那就辭掉工作吧。我會去跟介紹人打聲招呼，妳不必擔心。工作再找就是了。找到工作之前，我會給妳零用錢，妳不必太在意。可是妳不妨這麼想，如果是自己辛苦找來的工作，無論如何，或許就不會有這麼多抱怨吧。」

我最不行的就是吃苦和努力，姊姊果然最了解我。我很自然地接受了姊姊的說法。之後一有機會，我總會想起這段往事，努力撐過現狀。可是當我跟姊姊提起她曾經對我說過這麼有影響力的一段話時，她卻表示什麼都不記得了：「我有說過那些話嗎？是嗎？」還笑得很開心。我很喜歡她那個笑容，至今那個笑容還很鮮明地烙印在我的腦海裡，不曾模糊。

有關「姊姊，妳對出生在向田家有什麼想法」的這個詢問和回答，不知道姊姊是否還記得？

邦子與和子的情感緣於一把花生米。二次大戰結束後，吃都吃不飽，連花生米也成了貴重物品。那也是姊姊的最愛。有一天深夜，姊姊一個人認真做功課時，我突然把箋紙門悄悄打開了。

「姊姊，這個給妳。」

我好像遞給了她一把花生米。

「當時我心想妳還真是個不錯的傢伙！」

姊姊有些害羞地表示。

那是我在日本橋的公司上班時，姊姊跟我提起的往事。

姊姊請我吃午飯，接著帶我到高島屋的和服賣場閒逛，在寵物專櫃跟貓狗說說話，然後穿越馬路到丸善書店。這是姊姊的固定路線。在等綠燈的短短時間裡，姊姊說了一句：「從那之後我便覺得妳是個不錯的傢伙！」

我還來不及回答，姊姊已經消失在人群裡。

什麼跟什麼嘛！

這次換我不記得了。

如果說是送東西，我不是織了襪子、毛衣送她嗎？她一定是嫌樣式太土，不喜歡吧。

總之，三十年來，就因一把花生米而認定我是不錯傢伙的姊姊，看來我是不能對不起她呀！不對，應該說今後我還要繼續做個不錯的傢伙才對。我這樣告訴自己。

對姊姊而言，「不錯的傢伙」是怎樣的傢伙呢？

即使姊姊已經離開人世，但是在我心中仍存有這個疑問。姊姊的這句話有時會讓我鑽牛角尖，有時會讓我心情開朗。姊姊認爲的「不錯的傢伙」，對媽媽而言也一樣是「不錯的傢伙」。擴展自己的人際關係，好好對待身邊的人……姊姊這話裡所要傳遞的「訊息」究竟是什麼呢？

在我的記憶中，姊姊給了我許多重大的影響。一般隨著時間的過去，影響也會逐漸地褪去減小，但是姊姊邦子不一樣。姊姊給我的影響成了我的核心，成爲我人生的基準。

讀過姊姊的書信和N先生的日記後，我試著詢問二姊迪子關於N先生的事。

「我也是上了年紀才逐漸理解這段感情。覺得N先生的確是姊姊人生的好伙伴。我甚至羨慕姊姊能夠遇見那樣的人。不是每個人的一生都會有這樣的際遇。知道對方是有家室的男人，姊姊也曾退居一旁保持距離。我想邦子的心裡一定曾經很掙扎。說不定那時候會那麼熱中滑雪，這是其中的原因之一吧。以前N先生曾經酗酒，搞到最後他母親沒辦法只好來找邦子。這是姊姊跟我說的。姊姊不是那種可以就此狠心不管的人，當然就答應幫忙了。倒不是金錢方面的幫助，甚至也幫忙照顧對方的母親。姊姊就是那種不出點心力就不行的人嘛。不過也不是幫到把自己累垮的那種，而是盡力挑戰自己的極限。姊姊的個性裡就是有這種特質。」

迪子並沒有聽邦子說過什麼。邦子自己沒有開口說，她也絕對不過問。迪子不是那種會踐踏姊姊內心世界的人。

迪子至今都沒有讀過姊姊的書信和 N 先生的日記。

N 先生和他母親的住處距離天沼的向田家約兩個車站，步行需要三十分。姊姊的「祕密」沒有告訴任何人，也沒有被任何人發現地繼續維持著。他們沒有生活在同一個屋簷下，也沒有入籍，只不過是一段超越社會認知的男女關係罷了。

但是感覺上姊姊和 N 先生、還有對方的母親，卻像住在一起，像是另一個家庭。對姊姊而言，那個家能夠理解她、隨時熱情地歡迎她、是她可以安心休憩的地方吧。於是她所見、所聞、得到與得不到的東西，日後都出現在邦子的作品中，並且成為她生活的核心。

N先生病倒的時候，她一定很心疼，一定很努力照顧。因爲我比誰都清楚，姊姊在家人生病時，是如何地細心、如何地奉獻她的心力去看護。他的病情無望，也無法工作。或許是想到了未來種種，這時期的姊姊總是輕裝便服，看不到那個一向愛漂亮的邦子了。如今回想起來，那時期和N先生的日記果然在時間上吻合。但是邦子在家裡則一副沒發生什麼事的樣子。

向田家被邦子瞞騙了嗎？因爲姊姊總是很忙的樣子，所以父母和我都以爲她是因爲工作，以至我們沒有發現，而且也不會干涉。當時的邦子有種不容人干涉的毅然態度。不對，應該有誰發現了吧？雖然發現了，但因爲信賴邦子，所以在一旁守護著吧。如今這都成了謎。

姊姊留下許多謎。

可是我覺得謎這東西最像姊姊的風格了。

＊譯注：在向田邦子散文集《午夜的薔薇》中有一篇〈找尋手套〉，提到她二十二歲那年的冬天沒有戴手套度過嚴寒的一季，原因是買不到她看上眼的手套。她也自嘲這是她終身未婚的個性因素使然。所以在此她妹妹以手套「隱喻」姊姊的擇偶。

國家圖書館出版品預行編目資料

向田邦子的情書 / 向田和子著；張秋明譯 .--
四版 , -- 台北市：麥田，城邦文化出版；
家庭傳媒城邦分公司發行，2023.01
面；　公分 .--（和風文庫；05）

ISBN 978-626-310-351-1（平裝）

861.67　　　111017417

和風文庫 05

向田邦子的情書

原著書名　向田邦子の恋文
原出版者　新潮社
作　　者　向田和子
翻　　譯　張秋明
封面設計　蕭旭芳
責任編輯　簡敏麗（一版）、簡敏麗（二版）、謝濱安（三版）、李培瑜（四版）
主　　編　徐凡

國際版權　吳玲緯
行　　銷　闕志勳、吳宇軒、陳欣岑
業　　務　李再星、陳紫晴、陳美燕、葉晉源
總 編 輯　巫維珍
副總編輯　何維民
編輯總監　劉麗真
總 經 理　陳逸瑛
發 行 人　涂玉雲
出　　版　麥田出版
地址：104 台北市中山區民生東路二段 141 號 5 樓
電話：(02)2500-7696　　傳眞：(02)2500-1966
發　　行　英屬蓋曼群島商家庭傳媒股份有限公司城邦分公司
地址：台北市中山區民生東路二段 141 號 11 樓
網址：www.cite.com.tw
讀者服務專線：(02)2500-7718；2500-7719
服務時間：週一至週五：09:30 ～ 12:00；13:30 ～ 17:00
24 小時傳眞服務：(02)2500-1990；2500-1991
讀者服務信箱：service@readingclub.com.tw
劃撥帳號：19863813　　戶名：書虫股份有限公司
香港發行所　城邦（香港）出版集團有限公司
地址：香港灣仔駱克道 193 號東超商業中心 1 樓
電話：+852-2508-6231
傳眞：+852-2578-9337
馬新發行所　城邦（馬新）出版集團【Cite (M) Sdn Bhd】
地址：41, Jalan Radin Anum, Bandar Baru Sri Petaling, 57000 Kuala Lumpur, Malaysia.
電話：+603-9056-3833　　傳眞：+603-9057-6622
印　　刷　中原造像股份有限公司
初版一刷　2006 年 6 月
二版一刷　2011 年 4 月
三版一刷　2015 年 9 月
四版一刷　2023 年 1 月
售　　價　260 元
ISBN：978-626-310-351-1

城邦讀書花園　Printed in Taiwan.
www.cite.com.tw　本書若有缺頁、破損、裝訂錯誤，請寄回更換。